힘들 땐
그냥 울어

세상의 모든 것은 당신을 응원하기 위해 존재한다

힘들 땐 그냥 울어

스즈키 히데코 지음 이정환 옮김
금동원 그림

중앙 books
JoongAng Ilbo

슬픔을 이기는 눈물의 힘

눈물에도 여러 종류가 있다. 분해서 흘리는 눈물, 배신당했을 때 흘리는 눈물, 사랑하는 사람과 헤어졌을 때 슬퍼서 흘리는 눈물, 윗사람에게 꾸중을 들었을 때 속상해서 흘리는 눈물.

하지만 눈물은 크게 둘로 나눌 수 있다. 슬픔을 애써 삼키기 위해 흘리는 눈물, 그리고 슬픔을 이겨 내기 위해 흘리는 눈물이다.

삼키는 것과 이겨 낸다는 것

살다 보면 슬플 때도 있고 괴로울 때도 있다. 갑자기 사랑하는 사람과 헤어지게 되거나, 소중한 직장을 잃거나, 가까운 사람이 병에 걸릴 수도 있다. 힘든 일은 매 순간 수없이 일어난다. 하지만 세상은 힘들어 곧 주저앉고 싶은 당신에게 늘 쉽게 충고한다.

'약해 빠져서는……'

'그 정도 일은 눈 딱 감고 참아야지.'

물론 당신도 힘들 때마다 징징거리며 우는 것만이 능사가 아니라는 사실은 잘 알고 있다. 어떤 힘든 일이 몰려와도 이를 극복하는 것은 결국 자신의 몫이라는 것을 잘 알기 때문이다. 하지만 '충분히 노력하며 살고 있는데 왜 매번 불운한 일만 일어나는 걸까', 또는 '지금 닥친 일만으로도 힘겨운데 내가 이렇게 비난을 당할 이유가 있을까' 하는, 세상에 대한 섭섭하고 속상한 마음 또한 가득할 것이다.

그래서 사람들은 눈물 흘리는 것에 인색하다. 슬퍼도 마음껏 울지 않는다. 아니, 스스로에게 눈물이 용납되지 않기에 쉽게 울지 못하는 것이다. 하지만 나는 괴롭고 힘들 때는 그저 울어 보라고, 눈물을 실컷 흘려 보라고 말하고 싶다.

누구나 마음이 괴로울 때 실컷 울고 나면 뭔가 감정이 차분해지고 상황을 침착하게 바라보는 경험을 하게 된다. 나 역시 그렇다. 슬픔을 억지로 억누르기보다는 마음껏 눈물을 흘리고 감정을 추스르는 것이 슬픔을 극복하는 데는 더 효과적이다. 뜨거운 눈물을 펑펑 쏟아 낸 후에는 마음을 안정시킬 수 있기 때문이다. 슬픔을 억지로 삼키는 것이 아니라 이겨 내는 것이다.

슬픔을 이겨 내기 위해 흘리는 눈물은 인생을 좀 더 살 만하게 만든다. 수많은 사람 속에서 나의 존재가 한없이 초라하게 느껴질 때, 하늘 아래 나 홀로 있는 것처럼 외로울 때, 그리고 나를 아는 사람이 아무도 없는 곳으로 숨어 버리고 싶은 그 수많은 순간. 그 무수한 순간을 극복할 수 있도록 도와주는 것이 바로 '슬픔을 이겨 내는 눈물'이다.

모든 사람의 살아가는 유일한 목적이자 바람은 '행복한 삶'이라고 한다. 하지만 실제로 우리의 일상은 문제투성이다. 전혀 예상하지도 못한 일이 벌어지는가 하면, 실수로 인해 꼬이는 문제도 부지기수다. 그래서 때로는 자신감을 잃고 스스로를 원망하기도 한다. 이렇듯 우리가 바라는 행복은 현실과는 거리가 멀다.

현실을 송두리째 바꾸는 것은 거의 불가능하다. 대신 당신에게는 고통과 역경을 뛰어넘을 만한 능력이 충분히 있다. 그 과정에서 당신이 흘리는 눈물은 슬픔을 이겨 낼 수 있는 자양분이 되기도 한다. 당신의 눈물은 슬픔을 해소시키고, 앞으로의 삶을 살아 낼 수 있는 힘을 줄 것이다. 주위를 둘러보면 울고 싶은 당신에게 따뜻한 어깨를 빌려 줄 사람 또한 많을 것이다.

천사가 당신 옆에 있을 것이다

나는 지금까지 많은 사람을 만나 왔다. 수녀이기 이전에 한 사람의 인간으로서 그들의 상처와 아픔을 보듬어 주고, 또 함께 나누고자 애썼다. 즐거움도 나누면 기쁨이 커지듯 홀로 슬퍼하는 것보다는 함께 슬퍼하는 것이 슬픔을 보다 빨리 극복할 수 있게 해 준다는 것을 잘 알기 때문이다. 고통과 슬픔을 겪고 있는 사람에게 그 상황을 빨리 극복하라고 윽박지르는 것보다는 묵묵히 슬픔을 함께 받아들이고 위로해 주는 것이 더 옳다는 점도 깨달았다. 그럴 때마다 매번 슬픔을 이겨 내는 눈물의 위대함을 느꼈다. 이 책에 바로 슬픔을 이겨낼 수 있는 눈물의 의미를 담았다.

사람이 울 때는 천사가 곁에서 함께 슬퍼하며 위로해 준다는 말이 있다. 한 사람이 괴로운 현실을 받아들이고 그것을 극복할 수 있는 힘을 기를 때까지 천사가 곁에서 위로해 주는 것이다.

이제 삶이 고단하고 힘들 때는 방해받지 않을 장소를 찾아 마음껏 눈물을 흘려 보자. 아무 생각 없이, 감정이 흐르는 대로, 속이 후련해질 때까지 울자. 눈물만큼 마음에 힘을 주는 것도 없으니까.

스즈키 히데코

CONTENTS

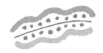

#03 아무도 나를 모르는 곳으로 숨고 싶을 때

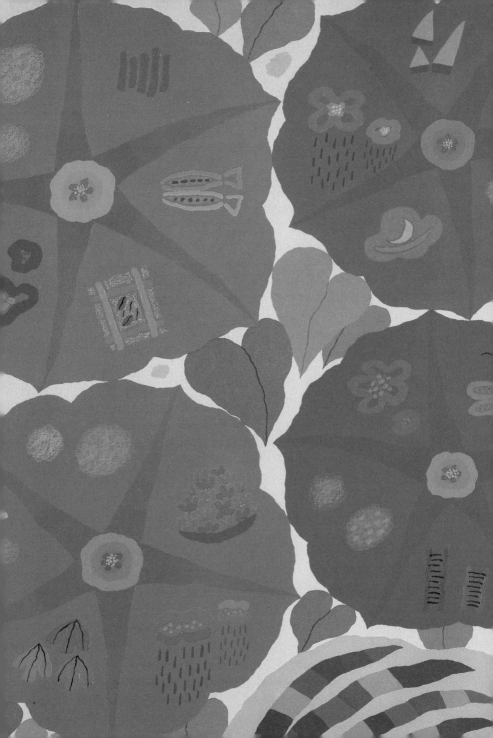

1

내 존재가
한없이 초라하게
느껴질 때

2% 부족하기에 너는
더 아름답다

인간은 원래 금이 간 물병처럼 불완전한 존재다.

중요한 것은 자신의 단점을 어떻게 바라보느냐에 달려 있다.

관점에 따라 단점은 눈부신 장점으로 변할 수 있다.

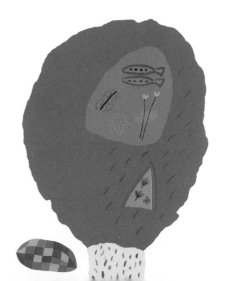

우리는 모두 금이 간 물병이다

 인도에 어느 물지게꾼이 있었다. 그는 긴 막대에 2개
의 커다란 물병을 걸고 물을 옮기는 일을 했다. 매일
아침 강에서 물을 길어 주인집까지 먼 길을 걸어 다녀
야 했지만, 얼굴 한 번 찡그리지 않고 열심히 일하는 성실한 젊은이
였다.

그러던 어느 날, 여느 때처럼 물병을 짊어지고 주인집에 도착한
물지게꾼은 깜짝 놀라고 말았다. 왼쪽 물병의 물이 절반이나 줄어
있었기 때문이다. 자세히 살펴보니 물병에 금이 가 있어 그리로 물
이 샌 것이었다.

다음 날도, 그 다음 날도, 아무리 조심을 해도 왼쪽 물병에서는 계
속 물이 새어 나와 절반밖에 남지 않았다. 그런 일이 계속되자 금이
간 물병은 물지게꾼에게 머리를 조아리며 눈시울을 붉혔다.

"매일같이 열심히 물을 긷는 당신에게 더 이상 짐이 되고 싶지
않아요. 제 옆구리를 좀 보세요. 이렇게 금이 가 있으니 아무리 조

심하더라도 물이 절반밖에 남지 않는 게 당연하지요. 그만 저를 부수어 버리세요."

물병의 말을 듣던 물지게꾼은 고개를 저으며 조용히 말했다.

"괜찮아. 그런 걱정은 하지 않아도 돼. 네가 없으면 그나마 절반의 물도 길을 수 없을 테니까 말이야."

그러고는 물지게꾼은 계속 금이 간 물병을 막대에 걸고 물을 길어 날랐다.

어느덧 2년이 흘렀다. 물을 가득 채운 오른쪽 물병은 항상 자신감에 차 있었다. 반면 금이 간 왼쪽 물병은 늘 마음이 편치 않았다. 물지게꾼이 힘들게 일하는데도 물을 절반밖에 나르지 못한다는 사실이 미안해서 견딜 수가 없었다. 왼쪽 물병은 물지게꾼에게 다시 머리를 조아렸다.

"변변치 못한 저 때문에 당신의 수고가 쓸모없게 되다니요. 저는 정말이지 아무 도움도 안 되는 존재예요."

왼쪽 물병의 말을 가만히 듣고 있던 물지게꾼은 갑자기 두 물병을 짊어지고 언덕 꼭대기로 올라갔다. 그러고는 매일 지나다니는 길을 내려다보면서 금이 간 물병에게 물었다.

"저길 좀 봐. 어느 쪽에 꽃이 피었지?"

"제가 지나온 쪽에 피었네요."

왼쪽 물병은 힘없이 대답했다.

"그래, 네가 지나온 쪽에 꽃이 피었구나."

물지게꾼은 물병의 말을 되풀이하고는 더 이상 아무 말도 하지 않았다. 왼쪽 물병은 물지게꾼의 말과 행동을 이해할 수가 없었다. 물병은 더 큰 슬픔에 빠지고 말았다.

그 후에도 계속 왼쪽 물병은 물을 옮기는 데 쓰였다. 그러던 어느 날 더 이상 견딜 수 없게 된 왼쪽 물병은 잔뜩 찌푸린 표정으로 힘겹게 말을 꺼냈다.

"도저히 안 되겠어요. 전 아무 도움도 안 되잖아요. 제발 새 물병으로 바꾸세요, 네?"

이번에도 물지게꾼은 묵묵히 물병을 짊어지고 언덕 꼭대기로 올라갔다.

"저 아래를 보렴. 꽃이 어느 쪽에 피어 있지?"

"제가 지나온 쪽에 피었다고 전에도 말씀드렸잖아요."

"그래, 네가 지나온 쪽에 꽃이 피었어. 왼쪽에만 피어 있지. 저 꽃들은 바로 네가 피운 거야."

"……"

왼쪽 물병이 어리둥절해하자 물지게꾼이 웃으며 말했다.

"나는 금이 간 널 일부러 버리지 않았단다. 오히려 금이 간 걸 어떻게 활용할 수 있을까 생각했지. 마침 이곳에는 비가 잘 내리지 않았어. 꽃을 한 번 피우려면 그만큼 많은 노력이 필요하지. 그런데 너라면 물을 길어 나르는 동안 땅에 적당히 물을 뿌려 줄 수 있을 거라 생각한 거야. 그럼 그 길을 따라 예쁜 꽃들이 필 테고, 당연히 주인님도 기뻐하시지 않겠니? 그래서 먼저 길에 꽃씨를 뿌렸단다. 너는 너도 모르는 사이에 매일 그 꽃씨에 물을 주었던 거야. 덕분에 난 지난 2년 동안 주인님께 물뿐만 아니라 아름다운 꽃도 바칠 수 있었어. 주인님이 얼마나 기뻐하셨는지……. 이건 모두 네가 있었기에 가능했던 일이란다."

금이 간 물병은 자신이 늘 다니던 길 왼쪽에 흐드러지게 피어 있는 꽃들을 바라보았다. 길을 따라 펼쳐진 아름다운 광경에 물병은 감동이 밀려왔다. 이토록 아름다운 꽃을 가꾸는 데 스스로가 조금이라도 쓰였다고 생각하니 가슴이 벅찼다. 오랫동안 '난 안 돼'라고 생각하며 시름에 잠겨 있던 스스로가 한심해서 얼굴이 화끈거렸다. 그리고 이내 이토록 멋진 꽃을 피운 자신이 한없이 사랑스럽고 소중하게 느껴졌다.

그때 오른쪽 물병이 입을 열었다.

"나는 너처럼 물을 뿌릴 수 없어. 당연히 꽃도 피울 수 없지. 그동안 물을 흘리지 않는 나야말로 완전하다고 생각했어. 하지만 내게는 아름다운 꽃을 피울 능력이 없었던 거야. 너에게 그런 위대한 능력이 있는 줄 미처 몰랐단다."

　누구에게나 숨기고 싶은 단점이 있다. 우리는 모두 금이 간 물병인 것이다. 신神이 보시기에 세상에 필요 없는 존재는 아무것도 없다. 이 세상에 완벽한 사람은 존재하지 않는다. 자신의 단점을 어떻게 바라보고 활용할 것이냐가 중요할 뿐이다.
　인생이 항상 좋을 수 있을까. 비가 내리는 날이 있는가 하면, 햇빛이 환히 내리쬐는 날도 있으며, 예상치 못한 갖가지 사건도 일어나게 마련이다. 다양한 과제가 주어지는 삶에서 중요한 것은 그것을 어떻게 바라보고 해결할 것인가 하는 점이다.

네 이름만큼
소중한 것은 없다

사랑한다는 고백은 꼭 다른 사람에게만 하는 것이 아니다.

오늘은 자신에게 사랑한다고 고백해 보자.

자신을 소중히 여기는 사람은 다른 사람도 아끼고 존중할 수 있다.

또한 숱한 실패 앞에서 스스로를 책망하지 않고

그 실패로 무엇을 배울지 자신과 상의할 수 있다.

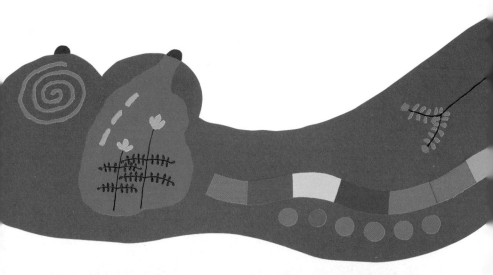

선생님의 손

 모든 일이 뜻대로 이루어지고 주변에 좋은 사람들이 넘쳐 날 때 우리는 행복하다고 말한다. 하지만 우리에게는 이런 행복과는 또 다른 행복이 존재한다. 마음을 잘 다스리고 주변의 상황을 바꾸어 스스로 만드는 행복이다.

인간은 완벽하지 않은 대신 고통을 줄일 만한 힘을 가지고 있다. 행복은 눈에 보이는 세계만 순조롭게 풀려 나간다고 해서 얻을 수 있는 것이 아니다. 마음으로 볼 수 있는, 정말 소중한 것이 존재한다는 사실을 알 때 진정한 행복을 얻을 수 있다.

미국의 추수 감사절 때 이야기다. 1년에 한 번 있는 추수 감사절은 그해의 풍성한 수확을 신께 감사드리는 날로, 떨어져 사는 가족이 모두 한자리에 모일 만큼 국가적으로 큰 기념일이다. 이 추수 감사절 즈음 한 초등학교 1학년 교실에서는 한창 수업이 진행되고 있었다.

"이제 곧 추수 감사절이에요. 오늘은 감사하는 마음을 그림으로 표현해 보기로 해요."

선생님의 말에 아이들은 신이 나서 장난감 자동차, 동물 인형, 필통 등 그동안 자기가 받은 선물들을 도화지에 가득 그렸다. 그런데 그중 한 소년은 다른 아이들과 달리 도화지에 손 하나만 덩그러니 그려 놓았다.

"얘개, 이건 손이잖아. 장갑도 아니고 손을 왜 그렸냐?"

다른 아이들이 그림을 보고 놀리듯 물었지만 소년은 조용히 앉아 있을 뿐이었다.

소년은 소심한 성격 탓에 친구들과 어울리지 못하고 쉬는 시간에도 교실 한쪽 구석에 혼자 앉아 창밖만 바라보곤 했다. 소년의 그림을 보려고 모여든 아이들은 옆에서 계속 떠들어 댔다.

"이거 혹시 하나님 손 아니야? 그 손으로 선물을 잔뜩 받고 싶다는 뜻 아니냐고!"

"완전 욕심쟁이 심보잖아, 하하하!"

하지만 소년은 고개를 숙인 채 아무 말도 하지 않았다.

잠시 후 교실 안을 돌아보던 선생님이 소년 곁으로 다가왔다. 그림을 본 선생님 역시 그 의미가 궁금했다.

"넌 손을 그렸구나. 무슨 뜻으로 손을 그렸니?"

나는 행복합니다.
여러분도 행복하게 지내십시오.
울지 말고 다 함께 기쁘게 기도합시다.
요한 바오로 2세

그러자 소년은 기어들어 가는 목소리로 입을 열었다.

"저에게…… 힘을 주시는…… 선생님의 손이에요."

가정 형편이 어려워서 다른 아이들과 쉽게 어울릴 수 없던 소년은 항상 외톨이였다. 그런 소년에게 선생님은 늘 말없이 손을 내밀어 주곤 했다. 그림 속 손은 언제나 자신의 손을 따뜻하게 잡아 주던 선생님의 손이었던 것이다.

선생님은 추수 감사절의 의미는 바로 이런 것이라고 생각했다. 자신의 손을 그렸다는 소년에게 오히려 감사한 마음을 느꼈기 때문이다. 소년이 감사할 수 있는 무언가가 자신에게 있다는 것이 무척이나 감사했다. 자신도 의식하지 못한 사이 소년에게 도움이 된 스스로가 자랑스러웠다. 감사하는 이나 감사받는 이 모두 행복한 것, 이것이 바로 추수 감사절의 진정한 의미가 아닐까.

내 이름부터 사랑하기

 인간은 다양한 관계를 맺으며 살아간다. 관계 속에서 어떻게 하면 자신을 빛내고 좀 더 나은 환경에서 살 수 있을지 늘 고민한다.

미국에 자녀 교육가로 유명한 도로시 로 놀테라는 시인이 있다. 그가 아이들을 위해 쓴 글이 있는데, 아이들뿐 아니라 인생을 고민하는 어른에게도 좋을 듯싶다.

- 인내를 보고 자란 아이는 참을성을 배운다.
- 공평함과 정직함을 보고 자란 아이는 진실하고 정의롭다.
- 위로와 격려를 받고 자란 아이는 자신감을 갖는다.
- 칭찬을 듣고 자란 아이는 다른 사람에게 감사할 줄 안다.
- 존중받고 자란 아이는 자신을 사랑하게 된다.

흔히 '인내' 라고 하면 고통을 견디는 것이라고 생각한다. 하지만 기쁨을 연장시키고 행복을 지속시키는 것도 인내다. 행복에 감사하면서 행복을 보다 오랫동안 누리는 능력 또한 인내인 것이다.

인내심을 키우기 위해 우리가 가장 먼저 해야 할 과제는 자기 자신을 사랑하는 것이다. 그리고 자신의 아이에게도 이 중요한 메시지를 전달할 수 있어야 한다. 자신을 사랑하는 사람이 되기 위해서는 어린 시절 부모의 양육 태도가 특히 중요하다. 부모가 먼저 아이를 사랑해 주어야 한다.

'○○야 사랑해.'

아이에게 틈나는 대로 이 한마디를 전하자. 아이가 자신이 사랑스런 존재라는 사실을 느끼게 해 주어야 한다. 자기 자식이라고 이름을 함부로 부르는 것은 옳지 않다. 아이가 자신의 이름을 좋아하고 아낄 수 있도록 해 주어야 한다. 이름과 관련된 재미있는 에피소드를 들려주는 것도 좋다. 또 착한 행동이나 옳은 일을 했을 때는 반드시 칭찬하고 격려해 주자. 아이에게 심부름을 시켰다면 고맙다는 인사도 빠뜨리지 말아야 한다. 이렇게만 해도 아이는 자신을 사랑하는 사람으로 성장할 것이다.

이미 어른이 된 당신은 자신을 사랑하는가? 만약 자신을 사랑하지 않는다면 당장 오늘부터 새롭게 바꾸어야 한다. 자신을 미워하면 인생은 고통스럽고 인간관계도 흐트러지게 마련이니까. 자신을 사랑하면 스스로를 소중히 여기게 된다. 행여 실수를 하더라도 그 실수를 통해 무엇을 배워야 할지 자신과 상의할 수 있다. 우선 자신의 이름 석 자부터 사랑하자.

'나는 내가 싫어. 내 이름도 마음에 들지 않아.'

지금부터는 이런 부정적인 생각을 버리고 자신의 이름이 세상 어떤 이름보다 아름답고 좋다고 여기자. 당신의 부모님은 당신이 행복하기를 바라는 마음으로 며칠을 진지하게 생각한 뒤 가장 좋은 이름을 지어 준 것이니까.

Message 3

"장점부터 발견할 줄 알아야 해"

자신의 장점을 잘 알고 있다면 당신은 100점짜리 인생이다.
여기에 당신의 가족, 친구는 물론 주변 사람들의 장점까지 알고 있다면
당신은 200점짜리 인생을 살고 있는 셈이다. 상대방의 장점을 끌어내고 드러내자.
그것이 바로 나 자신을 빛내는 길이다.

롤링페이퍼의 기적

 행복하게 살아갈 힘은 누구에게나 있다. 누구나 행복하기 위해 필요한 것을 모두 갖추고 있기 때문이다. 그럼, 행복하게 살아갈 힘은 과연 무엇일까? 그것은 다름 아닌 각자가 지닌 장점이다. 장점을 지니지 않은 사람은 아무도 없다. 자신의 장점이 빛을 발하도록 하지 못하는 사람이 있을 뿐이다. 그것은 온전히 자기 자신 때문이다. 그런 사람들은 늘 '나는 안 돼'라며 불평을 늘어놓는다.

미국의 어느 중학교에 마크라는 학생이 있었는데, 수다 떨기를 무척 좋아했다. 마크는 수업 시간에도 늘 떠들어 분위기를 엉망으로 만들곤 했다. 이를 보다 못한 선생님은 마크를 조용하게 만들어 수업 분위기를 좋게 해야겠다고 결심했다. 며칠 동안 고민하던 선생님은 드디어 아이디어 하나를 떠올렸다.

선생님은 학생들에게 종이를 한 장씩 나누어 주며 말했다.

"종이 위에 우리 반 친구들 이름을 모두 적으세요."

학생들은 영문도 모르는 채 선생님이 시키는 대로 반 친구들 이름을 모두 적었다. 그러자 선생님이 다시 말했다.

"지금부터 여러분의 관찰력을 테스트할 거예요. 종이에 적은 친구들의 장점이 무엇인지 평소 관찰한 대로 써 보세요. 한 사람의 장점을 적는 데 1분을 넘기면 안 됩니다. 애써 생각하려 하지 말고 평소에 느낀 대로 쓰세요."

테스트란 말에 긴장한 학생들은 친구들 이름 옆에 '친절하다', '목소리가 아름답다', '책임감이 강하다', '성실하다' 등의 장점을 열심히 적어 나갔다.

선생님은 학생들이 빼곡히 적은 종이를 집으로 가져갔다. 그리고 다시 종이 한 장에 한 학생 이름을 적고 그 아래에, 학생들이 쓴 그 친구만의 장점을 모아 정리해 나갔다. 이 학급 학생은 총 40명, 그러니까 한 학생의 이름 아래에는 그 학생을 제외한 39명의 장점 평가가 적히는 것이었다.

선생님은 학생들에게 롤링페이퍼를 통해 각자의 장점을 알리고 싶었다. 자기만 생각하고 수업을 방해하던 학생들에게 본인의 장점을 알려 그것을 살리도록 해 주고 싶었다. 그것이 당장 학생들을 야단치는 것보다 더 낫다고 생각한 것이다.

다음 날 정리한 종이를 가지고 학교로 간 선생님은 학생들 이름을 일일이 부르며 종이를 나누어 주었다. 그리고 학생들이 그것을 보고 기뻐하길 바랐다. 하지만 기대와는 달리 학생들 사이에선 정적이 흐를 뿐이었다. 선생님은 학생들의 반응을 보고는 이 아이디어도 실패라고 생각했다.

늘 아이들을 돌보고 가르치는 교사이면서도 학생들의 심리를 헤아리지 못한다는 자괴감에 한숨만 나왔다. 그러나 이후 수업 시간은 점차 조용해졌다. 그리고 학생들 사이의 관계도 몰라보게 좋아졌다. 그제야 선생님은 그 아이디어가 효과를 거둔 것일지도 모른다는 생각이 들었다.

오랜 세월이 흐른 뒤 선생님은 종이 사건을 잊어버렸다. 그사이 고향에 있던 그 학교를 떠나 다른 지역으로 수차례 전근을 갔고, 그럭저럭 20여 년이 흘렀다.

어느 날, 선생님은 부모님이 계시는 고향 집에 잠시 들르게 되었다. 그런데 여느 때와 달리 부모님은 뭔가 하실 말씀이 있는 것만 같았다. 선생님은 무슨 일인지 궁금했지만, 부모님께서 먼저 말씀하시길 바라며 잠자코 기다렸다.

조금 뒤 아버지가 천천히 입을 열었다.

"애야, 네 제자였던 마크 있잖니. 마크가 베트남 전쟁에서 전사

했다는구나. 내일이 장례식이란다."

부모님은 제자의 죽음에 아들이 충격받지 않을까 걱정하며 힘겹게 이야기를 했다.

다음 날, 선생님은 슬픈 마음을 안고 마크의 장례식장으로 향했다. 장례식장에는 벌써 다른 제자들이 와 있었다. 제자들은 선생님을 반갑게 맞아 주었다. 마크의 부모는 먼 곳에서 찾아와 준 선생님에게 감사하다며 몇 번이나 머리를 숙였다. 그러더니 마크가 전사했을 때 입고 있던 옷을 들고 나왔다. 옷 안에는 지갑 하나가 들어 있었는데, 그 안에 종이 한 장이 있었다.

"이거 선생님 글씨 맞지요?"

마크의 부모가 종이를 내밀며 말했다.

20여 년 전 마크의 장점을 정리해 준 바로 그 종이였다. '마크'라는 이름 아래 39명의 친구들이 발견한 장점 39개가 쓰여 있었다. 마크는 그 종이를 세상을 뜨는 순간까지, 그것도 격렬한 전투가 벌어지는 상황에서도 몸에 지니고 있었던 것이다. 종이를 나누어 주던 당시만 해도 학생들 반응이 시큰둥한 줄 알았는데, 마크에게는 큰 의미가 있었던 것이다.

잠시 후 제자들이 선생님 곁으로 다가왔다.

"마크는 죽을 때까지 이걸 지니고 있었다는구나. 여기에 20여 년

남을 행복하게 할 수 있는 자만이
스스로도 행복할 수 있다.

플라톤

전 너희들이 찾아 준 마크의 장점이 모두 쓰여 있단다."

선생님이 감동한 목소리로 말하자, 한 제자가 바지 주머니에서 종이를 꺼내 들었다.

"선생님, 실은 저도 가지고 있습니다."

그러자 놀랍게도 다른 제자들 역시 하나 둘 종이를 꺼내 드는 게 아닌가. 말문이 막힌 선생님을 보며 한 제자가 입을 열었다.

"마크도 저희와 같은 생각을 했을 거예요. 선생님께 이 종이를 받기 전까지는 저에게 이렇게 많은 장점이 있을 거라고는 생각지 못했어요. 그런데 친구들이 저의 장점을 찾아 주었지요. 그건 정말 커다란 기쁨이고 행복이었어요. 괴롭고 힘들 때, 나에게 모두가 인정해 준 장점이 있다고 생각하면 다시 힘이 샘솟곤 했습니다. 전쟁 터에 있던 마크도 마찬가지였을 거예요. 지금까지 힘들 때마다 이 종이를 보면서 용기를 얻었답니다."

옆에 있던 제자들 모두 공감한다는 듯 고개를 끄덕였다.

마크를 비롯하여 소란스런 학생들을 도저히 감당할 수 없어 선생님이 머리를 쥐어짜 낸 아이디어가 '장점 찾기'였다. 그런데 그것이 이렇게까지 큰 영향을 끼치리라고는 생각지 못한 것이다.

사람들 모두에게는 반드시 훌륭한 장점이 있다는 사실을 명심하

자. 보석처럼 강렬한 빛, 그것은 모든 사람에게 존재한다. 우리는 그것을 빛나게 하기 위해 생명을 얻은 것이다. 먼저 당신 자신의 장점을 인정하라. 그런 다음 가족의 장점을 발견하라. 그러다 보면 친구와 주변 사람들을 넘어 당신을 에워싸고 있는 모든 사람의 장점이 보일 것이다.

서로의 장점을 인정하는 것이야말로 자신을 훌륭하게 만드는 방법이고 자신 안에 숨어 있는 보석을 빛내는 비결이다. 지금 당장 '장점 찾기'를 시작하자. 당신의 인생은 틀림없이 바뀔 것이다.

소박하게
감사하는 것

사소하고 당연한 것들에 대해 감사하자.

감사란 거창하고 대단한 일에만 하는 것이 아니다.

당장 열 가지의 감사 리스트를 만들어 보자.

감사하는 마음은 어느새 당신을 행복하게 만들 것이다.

진정한 수행의 길

인간을 포함한 대우주는 하나의 거대한 생명에 다름 없다. 우리는 대우주 안에서도 아주 작은 일부분인 지구 위에 뿔뿔이 흩어져 살고 있다. 그러다 보니 거대한 대우주를 생각하지 못하고 이 좁은 터전이 세상의 전부인 양 아옹다옹하며 지내는 것이다.

서로 비교하고 질투하며 스스로를 책망하거나, 무언가를 바라고 기대하며 끊임없이 조건을 내걸기도 한다. 아이가 공부를 좀 더 잘한다면, 아이가 좋은 학교에 들어간다면, 남편 지위가 올라간다면, 이 병만 낫는다면 얼마나 행복할까 하고 말이다.

늘 이런 생각으로 산다면 얼마 못 가 숨이 꽉 막혀 버릴 것이다. 땅에 뿌리를 내리지 못하고 줄기가 끊어진 꽃처럼 말이다. 꽃은 땅속 깊이 뿌리를 내리고 있을 때 비로소 대지로부터 생명을 얻을 수 있다. 아름다운 꽃을 피울 수 있는 것이다.

인간 역시 대우주라는 거대한 생명으로부터 삶을 얻는다. 대우주는 신의 거대한 생명과 연결되어 있는 고귀한 세계다. 그런 대우주로부터 생명을 얻은 우리 또한 고귀하고 존엄한 존재다.

바르고 선하게 살면서 다른 사람을 진심으로 배려한다면 당신은 거대한 생명체에 순응하는 것이다. 거대한 생명체가 그런 힘을 주기 때문이다.

괴롭고 힘들 때는 사랑의 세계로 들어가 그 힘을 흡수하면 된다. 그 힘으로 고통을 뛰어넘고 스스로를 단련시킬 수 있다. 힘든 일을 겪어 본 사람이 다른 사람의 고통도 잘 이해한다. 이것이 삶의 의미이자 진정한 수행의 길이다.

행복 연습

 고통 속에 있을 때는 나를 둘러싼 사람들과의 관계가 어그러지기 쉽다. 고통스럽고 힘들 때도 주위 사람들과 잘 지내면서 그들과 더불어 행복을 느낄 수는 없을까? 자신을 책망하고 스스로에게 변명을 늘어놓다 보면 혼란에 빠지게 된다. 싸우고 갖은 험담을 떠올리며 심한 불쾌감에 휩싸일 때는 특히 그렇다.

한편 가족과 함께 있을 때는 어떤가? 아주 맛있는 음식을 먹거나 특별히 즐거운 일이 있는 것도 아닌데, 그저 함께 있다는 것만으로 행복을 느낀다. 일체감과 평화로움, 자연스런 조화가 어우러져 있기 때문이다.

가족과 함께하는 시간을 자주 갖는다면 인간은 누구나 행복할 것이다. 하지만 오늘날 가족이 한자리에 모이기란 쉽지 않다. 그래서 이와 비슷한 행복을 느끼는 연습이 필요하다. 자신을 사랑으로 가득 채우고 주위 사람들에게도 행복을 선사하는 연습 말이다.

불행은 스스로 만드는 것이다. 좋지 않은 일이 생기면 대부분 남을 탓하게 된다. 하지만 좋지 않은 일도 결국은 당신 스스로 만들어낸 결과다. 무언가를 터득하고 깨닫기 위한 것이다. 그러니 참담한 일을 겪더라도 나름대로 의미가 있다고 생각하자.

좋지 않은 일 속에서 의미를 깨달아 행복의 바탕으로 삼는 방법은 뭘까? 답은 의외로 간단하다.

당신에게 좋지 않은 일이 생겼다고 해 보자. 당신은 어떻게 할까? 아마 알 수 없는 원인을 놓고 스스로에게 끊임없이 질문을 던지거나 불평을 할 것이다. 예를 들어, 갑자기 불치병 선고를 받았다면? 거기다 가족까지 사고를 당해 심각한 부상을 입었다면?

이처럼 잇달아 안 좋은 일이 생겼을 때 머릿속에는 '왜 내게 이런 험한 일이 생긴 걸까?', '내가 무슨 잘못을 저질렀다고 이런 꼴을 당해야 하지?', '그 사람은 왜 내게 그렇게 심한 짓을 했을까?', '정말 나쁜 사람인데, 그 사람은 잘 살고 나만 힘들잖아. 대체 왜?' 등의 질문이 떠오른다.

이런 질문들을 던지는 모습을 깨닫는 것만으로도 당신의 인생은 충분히 바뀔 수 있다. 이런 질문들을 향해 바로 '아니야!' 라고 외친 뒤 머릿속에서 질문들을 지워 버리면 된다.

인간이기에 이런 질문들을 하는 것은 어쩌면 당연한 일인지도 모른다. 하지만 거기에 얽매여서는 안 된다. 그러다 보면 더욱 불행해질 뿐이다. 잠깐은 주위 사람들로부터 "정말 안 됐어요", "어떻게 해요?"라는 위로를 들을지 몰라도 그것 역시 오래가지 않는다.

질문을 깨닫고 '아니야!' 라고 외쳤다면 이번에는 새로운 질문을 던질 차례다.

'이 일에는 어떤 의미가 있을까?'

의미는 반드시 있다. 그리고 그 질문에 이렇게 덧붙이자.

'나는 이 일에서 무엇을 배우게 될까?'

자신이 피해자라고 생각하는 순간 우리는 위축되고 비참한 생각에 사로잡히게 된다. 불행하기 그지없다. 그러니 일단 주체성부터 찾아야 한다.

"개미들도 힘들다고 투덜대지 않는다. 작은 개미들조차 힘든 일이 있어도 아무렇지 않은 듯 견뎌 내는데, 내가 못 견뎌 낼 이유가 없다. 이번 일에는 어떤 의미가 있을까? 지금은 알 수 없더라도 의미를 찾을 때까지 기다려 보자. 이건 분명히 뭔가를 배울 수 있는 절호의 찬스일 테니까."

이처럼 힘든 때일수록 자신감을 가지고 스스로를 격려해야 한다.

병에 걸린다면 정말 괴롭고 고통스러울 것이다. 고통을 없애 달라고 기도하는 것도 좋은 방법이다. 하지만 기도를 하면서 신을 원망하거나 다른 사람을 탓하며 자신을 나약한 존재로 만들어선 안 된다. 누군가를 자신보다 강한 위치에 두고 그가 자신에게 해를 끼쳤다고 생각하는 것은 아주 잘못된 일이다. 아무리 고통스러운 상황이라 해도 그것은 결국 자신에게 인생을 배울 수 있는 계기가 될 테니 말이다.

불행하고 비참하고 고통스러워서 견딜 수 없다면 당연한 일들에 대해 감사해 보자. 적어도 열 가지 이상 감사할 일을 찾아보는 것이다. 스스로 자신을 불행하게도 행복하게도 만든다는 것을 잊지 말자. 불행과 행복은 어떤 전염병보다도 훨씬 강하게 전염된다.

절망 속에서도 꿈꾸다

세상의 그늘 속에서 절망에 빠진 사람이라도

마음을 조금씩 바꾸어 나간다면 점차 다른 삶을 살아갈 수 있다.

불치병이 하루아침에 낫는 것도 기적이지만,

마음을 조금씩 바꾸어 나가는 것 또한 그 이상의 기적이다.

삶을 지켜주는 근원

 행복하려면 무엇보다 부정적인 생각에 얽매이지 말아야 한다. 부정적인 생각이 떠오르면 그 순간 바람결에 흘려 버리고 마음 깊은 곳으로 들어가 보자.

일단 조용히 눈을 감고 내면에 존재하는 순수한 마음에 모든 신경을 집중한다. 이어 길게 호흡을 한다. 그렇게 하면 자연스럽게 편안하고 온화한 기분에 싸일 것이다. 그런 다음 마음 깊은 곳에서 자신의 삶을 지켜 주는 생명의 근원을 찾아보자.

생명의 근원은 인간을 초월한 거대한 존재, 즉 신과 연결되는 장소다. 불교에서는 이것을 불성佛性이라고 한다. 영혼의 신과 만나는 영원히 사라지지 않는 장소인 것이다.

대우주에서 전파하는 거대한 에너지의 파동과 이어지면 파도를 타듯 좋은 일들이 일어난다. 굳이 이런저런 계획을 세우지 않아도 저절로 계획이 이루어지고 부정적인 생각이 사라지면서 안정적인 생각을 갖게 된다.

만약 모든 일을 자신의 힘으로 해결하려고 하면 어떻게 될까? 자신의 뜻에서 조금만 어긋나도 금세 부정적인 생각에 휩싸이고 말 것이다. 그러니 마음 깊은 곳으로 들어가 대우주의 거대한 파동에 모든 것을 맡기고 가장 좋은 해결책이 주어질 것이라는 확신을 가져 보자. 깊고 조용한 정적의 세계를 마음껏 맛보자. 행복의 물결이 점차 퍼져 나가 온몸을 감쌀 것이다.

세상의 그늘 속에서 절망에 빠진 사람이라도 마음을 조금씩 바꾸어 나간다면 점차 다른 삶을 살아갈 수 있다. 불치병이 하루아침에 낫는 것도 기적이지만, 마음을 조금씩 바꾸어 나가는 것 또한 그 이상의 기적이다. 고통스런 현실이 단번에 바뀌지는 않더라도 말이다.

나는 매일 삶의 현장에서 기적이 일어나고 있는 것을 뼈저리게 느낀다. 아무리 괴로운 일이 있어도 그것은 불행이 아니다. 행복해지기 위한 밑거름인 것이다. 부정적으로 생각하면 한없이 불행할 수밖에 없다.

'도움'은 곧 '충만함'

어느 할아버지 한 분이 커다란 꽃다발을 한 아름 안고
버스에 올라탔다. 버스는 한적한 시골로 향하고 있었
다. 그 버스에는 어린 소녀가 타고 있었는데, 그 소녀
의 눈길이 자꾸만 할아버지의 품에 안겨 있는 꽃다발에 닿았다. 흔
들리는 버스 안에서 소녀는 커다란 눈을 깜박이지도 않고 꽃다발만
쳐다볼 뿐이었다.

이윽고 버스가 멈추고 할아버지가 내릴 차례가 되었다. 그런데
막 내리려던 할아버지는 갑자기 몸을 돌려 소녀의 무릎 위에 꽃다
발을 내려놓았다.

"집사람이 살아 있다면 틀림없이 이렇게 했을 게다."

할아버지는 소녀에게 미소를 지어 보인 뒤 버스에서 내렸다. 깜
짝 놀란 소녀는 할아버지의 뒷모습을 창문 너머로 지켜보았다. 비
틀거리며 걸어가는 할아버지 앞으로 자그마한 무덤 하나가 보였다.
그때 할아버지가 고개를 돌려 창밖으로 얼굴을 내밀고 있는 소녀를

향해 손을 흔들며 외쳤다.

"집사람도 기뻐할 게다!"

소녀는 어른이 되어서도 이 일을 잊을 수 없었다.

누군가와 기쁨을 나눈다는 것, 마음이든 물건이든 누군가와 함께 나누어 갖는 게 얼마나 큰 기쁨인지 직접 경험한 것이다. 진심을 나눌 때, 다른 사람이 원하는 것을 내줄 때, 나누는 기쁨은 몇 배로 커지게 마련이다.

고통이나 시련은 모두 그 나름의 의미가 있다. 행복을 얻고 성장하기 위해 당신 스스로가 불러들이는 것이니까. 그러니 그것을 의미 없이 다루어선 안 된다.

괴롭고 힘들 때는 아래와 같은 세 가지를 떠올려 보자.

- 고통은 반드시 의미가 있다.
- 인간 내부에는 고통을 초월하는 거대한 힘이 들어 있다.
- 아무리 고통스러운 환경에 휩싸여 있다 해도 대우주는 내 편이고, 내 주변에는 수많은 아군이 있다.

병에 걸린 사람에게 가장 큰 어려움은 무엇일까? 물론 병으로 인한 육체적인 통증도 크겠지만 그보다 더한 것이 바로 고독이라고

사람들은 모든 의무 가운데
행복해야 하는 의무를
가장 소홀히 여긴다.
R. L. 스티븐슨

한다. 사회에서 아무것도 할 수 없다는 무력감, 돌봐 주는 사람이 없거나 다른 사람들에게 잊히는 것에 대한 불안감, 사회에서 따돌림을 당한다는 외로움 등이 그렇다. 부정적인 생각으로 꽉 차 있는 것이다.

하지만 이 세상에서 무언가를 만들어 내고 일을 하는 것만이 가치 있는 것은 아니다. 인간은 이 세상에 존재하는 것만으로도 훌륭한 가치가 있다. 그 훌륭함이 일상생활에 넘치도록 하는 것이 바로 사랑이다. 그리고 사랑은 곧 신의 생명이다.

우리는 숨 쉬고 있다. 우리를 사랑하는 신으로부터 생명을 얻은 것이다. 그러니 생명은 사랑 그 자체인 셈이다. 갓난아기가 태어났을 때 어머니가 기뻐하는 이유도 생명의 고귀함을 느끼기 때문이라고 한다. 그것이 바로 사랑이다. 사랑으로 충만하여 다른 사람들과 좋은 관계를 맺는 것, 그것이야말로 인간으로서 누릴 수 있는 가장 큰 기쁨이다.

인간은 누구나 다른 사람에게 인정받고 싶고 누군가에게 도움이 되고 싶다는 본능이 있다. 그래서 자신이 아무에게도 도움이 되지 않는다고 생각하면 괴로워진다. 누군가에게 도움이 된다고 느낄 때 진정한 기쁨을 누리는 것이다.

꼭 엄청나게 크고 훌륭한 도움이어야 하는 것은 아니다. 행복을 큰일에서만 찾지 않듯이 작은 일이라 해도 다른 사람에게 도움이 된다면 그것이 곧 행복이다. 누군가에게 도움이 된다는 것은 즐거움이자 즐거웠던 경험을 나누어 가질 수 있다는 충만함이다.

책망하지 마, 더 이상

태어나서 죽을 때까지 우리는 모두 각자의 삶을 꾸려 나간다.

넘어야 할 고비와 주어진 임무가 모두 다른 것이다.

다른 사람과 비교해 자신을 책망하는 것은 옳지 않다.

남들 기준으로 자신을 다그치는 일은 스스로를 작은 그릇 안에 가두는 것이다.

함정에는 인력이 있다

 올해로 아흔 살이 되는 할머니가 계신다. 이분은 어릴 적 유명 사립 초등학교에 제1회로 입학했다. 그런데 입학한 지 얼마 지나지 않은 어느 날, 어린 학생이었던 할머니는 그만 교과서를 깜빡 잊고 챙겨 가지 않았다. 그러자 선생님이 물었다.

"넌 왜 교과서를 가져오지 않았니?"

할머니는 선생님의 물음에 어떻게 대답해야 할지 몰라 무척 당황했다.

'잊어버리고 가져오지 않은 것을 왜 가져오지 않았느냐고 물어보면 뭐라고 대답해야 하지? 그 이유를 알면 학교에 다닐 필요도 없는 것 아닐까?'

할머니는 그 일을 평생 잊지 못했다고 한다.

"왜 가져오지 않았느냐고 묻는 것만큼 어리석은 질문은 없다고 생각해요. 그렇게 유명한 사립 학교에서 처음으로 들은 말이 그것이었다니……. 역시 유명 사립 학교더군요. 평생 잊을 수 없는 교훈을 가르쳐 주었으니 말이에요."

할머니는 '왜?' 라는 질문을 받아도 그 이유를 알 수 없는 일이 인생에는 얼마든지 있다고 했다. 그러니까 '왜?' 라고 질문을 던져도 아무런 의미가 없다는 얘기다. '어떻게 해야 좋을까?' 라는 질문을 던지는 것이 옳다는 말이다.

"교과서를 잊어버리지 않고 챙겨 오려면 어떻게 해야 좋을까?"

만약 당시 선생님이 이렇게 물었다면 할머니는 바로 대답할 수 있었을 것이다.

"전날 미리 가방에 넣어 둬야 해요."

"집에 돌아가자마자 챙겨 둬야 해요."

우리는 자주 '왜 그걸 하지 않았을까?' 혹은 '왜 그 일을 했을까?' 라고 스스로에게 질문하곤 한다. 그런 질문을 하고 나면 곧 스스로를 책망하는 함정에 빠지게 된다. 함정에는 인력引力이 있기 때문에 한번 빠지면 헤어 나오기가 힘들다. 그래서 모든 일을 부정적으로 생각하게 되고, 그것은 곧 의욕 저하로 연결되고 만다.

사람에게는 살아가는 동안 이루어야 하는 임무가 있다. 임무에는 좋고 나쁜 것이 없다. 우리 모두 신으로부터 자신의 임무를 부여받은 것이다.

사람에게는 죽을 때까지 다양한 과제가 주어진다. 그리고 그것을 해결해 가면서 보다 성숙해진다. 임무를 모두 마치고 이 세상을 떠날 때, 신은 우리를 이렇게 맞이할지도 모른다.

"오랫동안 네 역할을 다하느라 고생이 많았구나. 이제 천국으로 가서 마음 편히 쉬도록 해라. 그리고 앞으로는 네가 세상에서 인연을 맺은 모든 사람에게 사랑을 보내 그들이 행복한 삶을 살 수 있도록 도와주어라."

자신에게 주어진 과제가 고통스러운 것이기를 바라는 사람은 아무도 없다. 그러나 이 세상에서 고통을 겪든 안 겪든 자신의 과제를 해결하기 위해 최선을 다한 사람은 세상을 떠날 때 '후회 없는 삶을 살았다'며 만족할 것이다.

미국의 어느 초등학교에서 있었던 일이다. 괴한이 침입하여 무작위로 총을 발사한 바람에 그 자리에 있던 여러 학생이 죽고 말았다. 소식을 접하고 허겁지겁 달려온 한 어머니가 자신을 책망하며 울부짖었다.

"오늘 우리 아이를 학교에 보내지 않았다면…… 그랬다면 죽지 않았을 텐데……."

하지만 그날 아침까지만 해도 그 어머니가 할 일은, 밝은 미소로 아이를 학교에 보내는 것이었다. 어머니는 신이 아니기 때문에 그날 학교에서 무슨 일이 일어날지 당연히 알 수 없었다.

우리는 어느 누구도 완벽하지 않다. 아무리 노력해도 결코 완벽해질 수 없다. 오히려 완벽하지 않기 때문에 인간미 넘치는 사람이 될 수 있다. 우리가 불완전한 인간이라는 사실을 잊지 말자.

불행이 닥치더라도 자신을 책망하지 말자. 습관적으로 자신을 책망하다 보면 자기도 모르는 사이에 깊은 함정에 빠지게 된다.

자신을 계속 책망하다 보면 어느 순간 자학에 빠지게 된다. 이보다는 행복해질 수 있는 일에 소중한 시간을 사용하는 것이 바람직하지 않을까? 누군가에게 미소를 지어 보이거나 꽃집 앞을 지나다 아름다운 꽃을 감상하는 일. 혹은 고개를 들어 푸른 하늘을 바라보는 것만으로도 우리는 충분히 행복해질 수 있다.

신은 고통과 능력을 동시에 주신다

당신은 자신에게는 물론 주위 사람들에게 얼마나 높은 기대를 가지고 있는가? 아마도 적지 않은 기대를 품고 있을 것이다. 그럼 "이제 그런 기대는 버릴 거야"라고 힘차게 외쳐 보자. 우리에게는 '이렇게 하지 않으면 안 된다' 는 기대가 수없이 많다. 그런 기대가 없으면 인생을 함부로 사는 것 같아 걱정이 되기까지 한다.

좋은 사람이 되고 싶고, 다른 사람에게 인정받고 싶고, 높은 평가를 받고 싶다는 바람은 인간의 본능이다. 그런 바람은 지우고 싶다고 해서 지울 수 있는 것이 아니다. 자신을 따뜻하게 받아들이면 그런 바람을 자극하는 힘이 샘솟게 된다. 자신을 책망하지 않고 자신과 친해져야 하는 이유도 바로 여기에 있다. 대단한 사람이 되라고 부담을 주는 게 아니다. 함께 있으면 마음이 편하고 무슨 일이 있을 때 반드시 떠오르는 사람이 되자는 것뿐이다.

인간은 스스로 자신의 성장을 확인하기 어렵다. 대부분 주변 사람을 통해 자신의 성장을 알게 된다. 이 역시 함정이 된다. 그것도 매우 큰 함정이다. 자신의 성장을 주위의 반응으로 알 수 있기에 자기도 모르게 주위의 반응에만 신경 쓰기 때문이다. 주위로부터 좋은 반응을 얻기 위해 자기다움을 드러내지 못하고, 자신을 억누르며, 주위의 기대에 부응하여 살려고 하는 것이다.

"저 사람은 정말 상냥해", "저 사람은 정말 친절해" 등 주위의 반응이 좋으면 좋을수록 그런 행동을 하기 위해 더 노력한다. 그 결과는 어떨까? 어쩌면 진정한 자기 모습을 영영 잃어버릴지도 모른다. 진정한 자기 모습을 잃고 다른 사람의 기대에 맞추어 살다 보면 고달픈 인생이 되기 쉽다. 너무 좋은 사람이 된다는 것은 진정한 자신을 잃고 자유롭지 못한 삶을 산다는 의미일 수도 있다.

그러니 누구나 때로는 실수할 수 있다는 것, 실수를 하기 때문에 인간답다는 것, 실수를 통해 새로운 지혜를 얻으면 된다는 것을 기억하자.

죽고 싶을 정도로 고통스럽더라도 자살 같은 무모한 짓은 하지 말아야 한다. 그 고통은 당신에게 주어진 특별한 임무니까 말이다. 신이 어떤 고통을 줄 때는 그 고통을 견뎌 낼 수 있는 사랑과 능력도 함께 준다고 한다. 살다 보면 죽는 편이 낫겠다는 생각이 들 만큼 큰 고통도 있을 것이다. 하지만 그와 동시에 죽음 같은 고통도 뛰어넘을 만큼 강력한 능력이 주어진다는 것을 기억하자. 어떤가, 그래도 죽고 싶은 생각이 드는가?

지금은 몰라도 시간이 지나면 그 고통에 커다란 의미가 있다는 사실을 깨닫게 될 것이다. 그것에 기대를 걸고 살아남아야 한다. 그 의미를 깨닫기 위해서라도 스스로를 소중하게 여겨야 한다. 자신에게 끊임없이 이렇게 말하자.

"너는 얼마든지 행복해도 돼."

자신을 소중하게 여기자. 그래야만 고통받는 주위 사람들에게도 에너지를 나눠 줄 수 있다.

숨 쉴 수 있다는 것

때로는 현실이 아무런 희망도 보이지 않고 암담하게 느껴질 수도 있다.

그러나 당신이 숨을 쉬는 동안은 분명 희망이 있다.

생명이 있는 것만으로도 당신은 가치 있는 존재이다.

헬렌 켈러는 '내게 장애를 주신 신께 감사한다.

장애를 통해 나 자신을 발견할 수 있었기 때문이다' 라고 말했다.

죽음도 인생의 한 토막일 뿐이다

 '생명이 있는 한 희망은 있다.'

로마 시대의 철학자인 키케로가 한 유명한 말이다.

절망이란 더 이상 희망을 품지 않기 때문에 생기는 것이다. 우리는 일이 뜻대로 되지 않는다고, 아이가 원하는 대로 자라지 않는다고, 회사가 어려워졌다고 절망하곤 한다. 무슨 일이 생기면 희망을 품기보다는 절망에 빠져 버린다. 하지만 살아 있다는 것, 생명이 있다는 것만으로도 당신에게는 희망이 있다.

희망의 근원은 생명이다. 이것을 마음에 새겨 두자. 우리는 지금 살아 있지만 언젠가는 죽게 마련이다. 오늘 살아 있는 사람 중 100년 뒤에도 살아 있는 사람은 몇 없을 것이다.

인생은 저 멀리 수평선을 바라보는 것과 같다. 바다 저편으로 보이는 한 줄기 선이 마치 마지막 끝처럼 여겨진다. 하지만 그것은 단순히 이쪽에서 보고 구분해 놓은 선에 지나지 않는다. 막상 그 수평선으로 다가가 보면 바다는 다시 끝없이 이어지고 수평선은 조금도 가까워지지 않는다.

이처럼 인생에 있어서도 죽음은 단순히 인생의 한 토막이며 새로운 세계로 향하는 과정일 뿐이다. 이 세상에서의 생명의 끝은 보다 깊은 생명으로 바뀌는 것에 지나지 않는다. 그 끝없이 이어지는 생명을 소중하게 생각하는 것, 그것이 바로 오늘을 소중히 여기고 살아가는 충만한 삶의 자세다.

위대한 사람에게 배울 점이 많은 이유는 그 사람이 편안하고 평범한 인생을 보냈기 때문이 아니다. 온갖 고통과 불행, 슬픔을 이겨냈기 때문이다.

'내게 장애가 주어진 것을 신에게 감사한다. 장애를 통해 나 자신을, 일을, 그리고 신을 발견할 수 있었기 때문이다.'

헬렌 켈러는 듣지도, 보지도, 말하지도 못하는 장애를 모두 이겨내고 멋진 인생을 살았다. 그녀는 우리에게 인간이 얼마나 위대한지를 보여 준 사람이다.

흔히 건강을 잃었을 때 비로소 건강의 고마움을 알게 되고, 가족을 잃었을 때 가족의 소중함을 깨닫는다고 한다. 정말 참을 수 없는 고통을 겪다 보면 작은 행복이 얼마나 소중한지 느끼게 된다. 험난한 과정을 겪으면서 많은 것을 배우기 때문이다.

인생은 배움의 터전이다. 때로는 견딜 수 없을 정도의 고통도 따

선하거나 악하게,
불행하거나 행복하게,
부유하거나 가난하게 만드는 것은 마음이다.

H. 스펜서

르지만 그것이 인생에서 마이너스로만 작용하지는 않는다. 마음의 문을 활짝 연다면 자기 내부에 존재하는 새로운 가능성을 찾아낼 수 있다. 고통은 내면에 존재하는 보석을 빛내면서 성숙한 사람으로 성장하기 위해 주어지는 것이다. 그러므로 어떤 고통이 닥치더라도 맞서 싸워 이겨낼 수 있다고 생각하자.

모든 것은 시간이 해결해 준다. 고통스러운 상황에 놓이면 주위 사람들도 아낌없이 지원해 줄 것이다. 그것에 감사하면서, 오늘 하루 최선을 다해 살아야 한다. 아무리 고통스러운 상황이라 해도 행복이 함께 주어진다는 사실을 기억하자.

살아 있다는 아주 중요한 사실

 아들의 폭력으로 10년 동안이나 집에 갇혀 지낸 어머니가 있었다. 아들도 아들이지만 남편 역시 아들의 폭력을 그저 방관만 하고 있었다. 어머니는 하루하루 지옥 같은 나날을 보내야만 했다.

그러던 어느 날 어머니의 머릿속에 문득 깨달음이 스쳤다.

'이런 상황에서도 난 살아왔다. 인간은 정말 강한 존재다.'

지금까지 아들이 자신에게 심한 폭력을 휘둘렀지만 목숨을 잃지 않고 살아왔다는 것. 10년 동안이나 견딜 수 없는 고통을 받았지만 남편과 헤어지지 않고 견뎌 냈다는 것. 그리고 아들이 폭력을 휘두르지 않고 사회에 적응하여 행복하게 살 수 있도록 하루도 빠짐없이 기도해 왔다는 것을 깨달았다. 때로는 아들이 원망스러워 차라리 죽어 버렸으면 좋겠다고 생각한 적도 있지만, 그래도 마음 깊은 곳에서는 아들이 행복하기를 진심으로 바랐다.

그 어머니는 자기 내면의 강인함과 변하지 않는 끈기를 발견하고 인간은 누구나 삶의 가능성을 지닌 놀라운 존재라는 중요한 사실을 깨닫게 된 것이다.

그런데 얼마 후 놀라운 일이 일어났다. 어느 날 갑자기 아들이 다가와 어깨를 주무르는 게 아닌가. 어깨에서 느껴지는 아들의 정성 어린 손길에 어머니는 자기도 모르게 눈물을 흘렸다.

"죄송해요…… 어머니……."

아들은 목이 멘 듯 말을 잇지 못했다.

"죄송하기는……. 네가 살아 있고 내가 살아 있지 않니. 한지붕 아래 이렇게 함께 살고 있으니 그것만으로도 나는 정말 기쁘단다."

떨리는 목소리로 말하며 어머니는 아들의 손이 닿아 있는 어깨에 자신의 야윈 손을 올렸다.

결국 두 사람은 사랑을 바탕으로 조건 없이 화해한 것이다. 그 어머니는 지난 10년 동안의 고통이 없었다면 부모와 자식의 관계가 이렇게 고마운 것이라는 사실을 깨닫지 못했을 거라고 고백했다. 그 후 그 어머니는 하늘에 떠 있는 해를 봐도 그저 고맙고, 활짝 핀 꽃을 봐도 마냥 즐겁다고 한다.

인간에게 가장 소중한 것은 살아 있다는 것, 생명이 있다는 것이 아닐까? 평소에는 당연하게 생각하지만 위협받는 순간이 닥치면 생명이 얼마나 존귀한 것인지 깨닫게 된다. 우리의 생명이 내일까지 이어지리라는 보장은 아무도 할 수 없다. 오늘 건강하게 출근한 사람이 갑자기 교통사고를 당해 세상을 뜰 수도 있다.

그렇기에 지금 이 순간 살아 있다는 사실이 중요하다. 앞날에 대한 괜한 걱정을 접고 지금 살아 있다는 사실에 감사할 때 우리는 정말 가치 있는 삶을 살 수 있을 것이다.

은혜는 돌고 도는 것

세상의 모든 것은 순환한다.

당신이 다른 이에게 은혜를 베풀면 그 은혜가 결국 당신에게 돌아온다.

고통을 견뎌 낸 사람은 다른 이가 고통을 겪을 때 도와줄 수 있다.

자신도 모르는 사이에 은혜를 전하는 신의 대변인이 되는 것이다.

세상에서 가장 불행하다는 착각

'은혜'라고 하면 누군가에게 어떤 도움을 베푸는 것처럼 여겨진다. 그리고 어떤 도움이든 누군가에게 무언가를 해 준다고 생각하면 자신의 것을 빼앗기는 것같아 왠지 움츠러들게 된다.

인간에게 가장 소중하면서 누구에게나 평등하게 주어지는 것이 바로 시간이다. 시간에는 살아가는 에너지가 담겨 있다. 그런데 우리는 생명의 근원인 에너지와 한정된 시간을 늘 남으로부터 받으려고만 한다. 이제부터는 당신이 다른 사람에게 그 에너지와 시간을 내주자.

꽃에 물을 주면 어떤가? 살아가는 에너지인 물을 받은 꽃은 아름답게 피어나 당신에게 에너지를 되돌려 준다. 세상 모든 것은 이처럼 순환한다. 당신이 살아 있는 에너지를 다른 사람에게 주면, 그에너지를 받은 사람은 생기가 넘치게 된다. 그리고 그것은 곧 당신을 살리는 원동력이 되기도 한다.

가정에서도 마찬가지다. 당신이 가족을 배려하고 밝은 태도를 보이면 가족은 따스한 온기에 싸이게 마련이다. 그것이 결국 당신 자신에게 돌아와 당신 역시 편안한 느낌으로 마음을 활짝 열 수 있게 된다.

우리는 때로 자신이 세상에서 가장 불행한 사람이라는 착각에 사로잡힌다. 다른 사람들은 모두 행복해 보이는데 자기만 고통 속에서 살아가는 것 같다.

어느 날 아들을 잃은 한 어머니가 나를 찾아왔다. 아파트에서 아래를 내려다보면 아들 또래의 청년들이 가방을 들고 출근하는 모습이 눈에 들어온다고 했다. 하지만 그들은 하나같이 어두운 표정을 짓고 있다는 것이다. 그 모습을 보고 있자면 자기도 모르게 속이 상해 이렇게 외치고 싶다고 한다.

"너희는 살아 있으면서 왜 그렇게 어두운 표정을 짓고 있는 거냐? 살아 있다는 것이 얼마나 행복한 일인지 정말 모르는구나."

그러고 나서 방으로 돌아와 혼자 앉아 있으면, 밖을 오가는 사람들은 모두 살아 있지만 아들은 이 세상 사람이 아니라는 현실이 머릿속을 가득 채우면서 자신이 세상에서 가장 불행한 사람 같다는 것이다. 하지만 이런 생각은 결국 자기 자신을 한없는 절망 속으로

밀어넣을 뿐이었다.

　우리는 손가락에 가시만 박혀도 자기가 세상에서 가장 불행한 사
람이라고 생각한다. 이가 조금만 아파도 불행한 짐을 지고 있다고
생각한다. 자기도 모르게 그런 생각이 드는 것은 어쩔 수 없겠지만,
전혀 그럴 필요는 없다는 사실을 깨달아야 한다.

고통과 아픔은 함께 했을 때 상쇄된다

 철학자 헨리 나웬은 미국의 하버드 대학에서도 인정받는 훌륭한 교수였다. 학문적 업적이 뛰어나고 사회적으로도 지위와 명성이 높아 많은 사람으로부터 존경을 받았다.

그런데 쉰 살이 넘자 나웬은 교수직을 그만두고 장애인 시설에서 일을 시작했다. 중증 장애인 한 사람을 맡아 수발을 드는 것이 그의 일이었다. 목욕을 시키고, 숟가락으로 밥을 떠먹이며, 침을 닦아 주고, 비틀거리면 부축을 해 주었다.

나웬은 장애인 시설에서 최선을 다해 일했다. 그동안 다른 사람들로부터 주로 대접을 받아 왔던 그에게는 결코 쉬운 일이 아니었을 텐데 말이다.

교수이기 전에 신부이기도 했던 나웬은 중증 장애인을 만나고 나서야 비로소 진정으로 신을 만났다고 고백했다.

그는 자신이 정성껏 돌보는 장애인에게서 단 한 번도 고맙다는 말을 듣지 못했다고 한다. 하지만 서로 피부가 닿을 때마다 전해져 오는 따스함으로 그가 진심으로 고마워한다는 것을 느낄 수 있었다고 한다. 그런 교감이 쌓이면서 비로소 신의 끝없는 온기를 느낄 수 있었다는 것이다.

나웬은 이후 많은 저서를 남겼는데, 그중 한 책에 다음과 같은 글이 있다.

'마음으로 받아들일 줄 아는 사람은 마음의 상처나 고통도 마이너스가 아닌 인간의 또 다른 표현으로 생각한다. 이것을 인정할 때 마음은 열리기 시작한다. …… 공동체 속에서 마음의 상처가 치유되는 이유는 그곳에서 상처를 치유해 주고 고통을 덜어 주기 때문이 아니다. 공동체 안에서 심리적으로 맺은 깊은 유대 관계가 상처나 고통을 더 나은 인생을 향한 새로운 원동력으로 바꾸어 주고 미래에 대한 강한 희망을 찾게 하기 때문이다. 이런 깊은 심리적 유대 관계로 맺어진 공동체의 활동을 은혜라고 한다. 그리고 당신도 언제든지 공동체의 일원이 될 수 있다.'

우리는 때로 자신이 고독하다고 느낀다. 그럴 때 누군가와 함께 무슨 일이든 해 보면 어떨까? 고독은 금세 사라지고 언제 그랬냐는 듯 따뜻한 기쁨이 찾아올 것이다.

인간은 누구나 스스로 자신의 인생에 만족하지 못할 때 고독을 느낀다. 그것은 사람이나 물건으로는 도무지 채울 수 없는, 무언가가 부족한 느낌이다.

충실한 삶은 '이것 때문에 산다!'라는 말처럼 자신의 모든 것을 던질 수 있는 대상이 있는 삶을 의미한다. 부모라면 아이를 열심히 돌볼 때 보람을 느낄 것이다.

매일 누군가에게 은혜를 베풀며 살자는 목표를 갖는다면 우리의 인생은 더 이상 고독하지 않다.

그것이 어떤 일이든 상관없다. 아주 작고 사소한 일이라도 괜찮다. 사람들에게 미소를 지어 보이는 것처럼 간단한 일만으로도 충분하다. 누군가와 고통을 나누는 것으로 서로의 마음을 이으려고 노력한다면, 신의 깊은 사랑을 사람들에게 전하기 위해 노력한다면, 우리는 더 이상 고독하지 않다.

우리는 고독을 치유하기 위해 다른 사람이 무언가를 해 주기 바란다. 또 고통이 사라지면, 마음속의 번민이 없어지면 고통이 사라질 것이라고 생각한다. 그러나 정작 고통이 해결되면 욕심이 생겨 더 나은 것을 요구하게 되고, 결과적으로 고통과 고독은 더욱 깊어지게 된다.

자신이 불행하다고 생각하면 더욱 불행해진다. 현재의 고통이 아무리 폭풍처럼 힘겨운 것이라 해도 모든 것은 지나쳐 가는 삶의 하나의 과정이고 인생의 한 모습일 뿐이다.

위로를 구할 줄 알아야 한다

힘든 시기에는 누구나 고통스럽게 마련이다. 하지만 그럴 때 누군가 따뜻한 손을 내밀고 이렇게 말해 준다고 상상하자.

"당신의 고통은 당신만의 것이 아니에요. 그러니 당신이 세상에서 가장 불행하다고 생각하지 마세요. 저도 당신과 마찬가지로 고통스럽답니다. 고통을 숨기지 마세요. 고통스럽다고 당신의 가치가 내려가는 것은 아니니까요. 불행을 느끼는 당신이 건강하고 행복해 보이는 사람들보다 못한 것은 아니랍니다. 그것은 당신의 가치와는 아무런 관계가 없지요. 당신이 당신의 고통에 대해 솔직하게 이야기해 준다면, 저는 그 사실을 있는 그대로 받아들일 겁니다. 그리고 저도 저의 고통을 당신에게 있는 그대로 보여 주고 싶어요. 당신의 고통을 모두 이해할 수는 없겠지만, 서로 마음을 터놓고 이야기하는 것만으로도 충분하지 않을까요?"

만약 이런 말을 해 주는 사람이 곁에 있다면 나 자신도 모르게 고

행복의 요소는 단순한 취향,
일정한 수준의 용기, 상당한 극기,
일에 대한 사랑, 그리고 무엇보다 깨끗한 양심이다.
행복은 막연한 꿈이 아니다.

상드

통을 뛰어넘을 힘이 금세 솟을 것이다. 이런 사람들이 모인 장소로 찾아갈 수 있다면 그는 자신이 불행하다고 느낄 겨를도 없으리라.

마음속에서 욱신거리는 상처는 묵힐수록 증오나 절망으로 이어진다. 그러나 마음의 상처는 치유되는 과정에서 당신을 보다 깊이 있는 인간으로 살아가게 만드는 원동력이 될 수도 있다.

자신을 진심으로 받아들여 주는 이가 곁에 있으면 마음의 상처가 큰 의미를 지니고 있음을 깨닫게 된다. 고통을 받아들이고 동행해 줄 사람이 있다면, 마음의 상처는 더 이상 마이너스가 아니라 인생의 한 과정이며 순간에 지나지 않는다. 마음이 활짝 열리면서 안도감을 갖게 되는 것이다.

고통을 아는 사람은 자기도 모르는 사이에 신의 은혜를 전달하는 대변인의 역할을 한다. 그렇게 대변자가 된 사람들 사이에서 상처받은 사람은 다시 치유되고 보다 풍요로운 생활로 나아가게 된다. 그리고 그들 역시 또 다른 상처받은 사람을 치유해 주는 사람으로 거듭나게 마련이다.

가족을 잃거나 고통에 빠진 사람을 대할 때는 그들의 고통을 이해하고 함께 극복하자는 마음가짐을 갖자. 그러면 곧 보다 깊이 있고 안정된 사람으로 발전하는 자신을 발견할 수 있을 것이다. 우리 각자의 내부에는 누구에게나 '위로'라는 아름다운 보석이 감추어져 있으니까.

2
하늘 아래
홀로 있는 것처럼
외로울 때

'완벽하다'는 말은
본래 없다

인간은 누구나 완벽하지 않다.
당신이 약해 보이거나 실수를 많이 한다고 해서
당신의 가치가 떨어지는 것은 결코 아니다.
갖가지 실수와 실패가 당신을 힘들게 할 때
그것을 인생의 수업료라고 생각하면 어떨까?

회심回心의 의미

'사랑'이라고 하면 흔히 이성을 좋아하는 연애 감정을 떠올리기 쉽다. 하지만 좀 더 넓게 말하자면 곁에 있는 사람이 바르게 행동할 수 있도록 자극하는 것, 보다 나은 사람이 될 수 있도록 도와주는 것 모두 사랑이라 할 수 있다. 몇 년 전 세상을 떠난 로마 교황 요한 바오로 2세는 항상 다음의 세 가지 메시지를 강조했다.

• 생명은 신으로부터 받은 것이므로 사람은 신성한 존재다.
• 신성한 모든 사람을 소중히 여겨라.
• 모든 사람을 소중히 여기면 서로의 관계는 온화하고 평화로워진다.

사랑한다는 것은 모든 사람에게서 신성함을 이끌어 내 서로를 소중히 여기며 인간관계에서 평온함을 찾고 평화를 얻는 것이다.

약점은 누구에게나 있다. 그런데 스스로 완벽해야 한다는 생각에 자신을 몰아세우는 사람이 있다. 그런 행동은 사랑과는 전혀 다른 방향으로 나아가게 한다. 그러지 않기 위해서는 소위 종교에서 말하는 회심回心을 해야 한다. 회심은 마음을 돌리는 것, 즉 자신을 책망하여 아래로 처지는 마음을 돌려 위의 희망을 향하도록 하는 것이다.

'나는 비록 약하지만 신이 모든 것을 용서해 주실 거야. 그러니까 다시 한 번 최선을 다해 노력해 보자.'

만약 세상에 나 혼자라면 나는 더할 나위 없이 약한 존재일지도 모른다. 하지만 인간을 초월하는 거대한 존재가 자신을 이끌어 준다고 생각해 보자. '너는 충분히 살 만한 가치가 있다'고 스스로에게 기를 불어넣어 준다면 어떨까? 사랑이 넘치는 생명을 주신 신의 자비와 용서를 믿고 마음을 돌릴 수 있을 것이다.

실패는 괴롭지만 그것은 인생 공부를 위해 지급하는 수업료와 같다. 그러니 먼저 실패를 통해 무엇을 배울지 생각해야 한다. 실패는 내가 무엇을 갖추어야 할지 가르쳐 준다. 수업료를 지불하는 대신 많은 지혜를 얻게 될 것이다.

우리는 신이 아니다

 당신은 자신을 신이라고 생각하는가? 인간은 대개 자기도 모르게 스스로가 신이어야 한다고 생각한다. 신은 그야말로 완벽한 존재다. 그러나 우리는 신이 아니다. 따라서 완벽할 수도 없다. 아무리 자신의 약점을 꽁꽁 감추려고 해도 남들은 그것을 대번 눈치챈다.

'그래서 나는 안 돼.'

'그래서 나는 살 가치가 없어.'

이런 말들은 인간을 유혹하는 그야말로 최악의 말들이다. 이런 유혹에 빠지지 않도록 끊임없이 노력해야 한다. 아무 생각 없이 내뱉는 이런 말들은 다른 사람에게는 물론 자기 자신에게도 커다란 상처를 입힌다.

자살은 그저 살기 싫어 스스로 죽는 것이 아니다. 자신을 죽이는 살인죄인 것이다. 다른 사람의 생명을 빼앗는 것보다 결코 가볍지 않다. 살아가는 보람이 없다고 해서 스스로를 책망한다면, 겉으로는 반성을 하는 듯 보일지 몰라도 실은 스스로에게 칼을 들이대 상처를 입히는 것과 다를 바 없다. 그렇기에 자신에 대해 진심으로 뉘우쳐야 한다.

먼저 다른 사람에게 작은 친절을 베풀어 보자. 작은 것이라도 상관없다. 누군가를 위해 기도하는 것도 좋고, 상대방의 장점을 발견하기 위해 노력하는 그 자체도 좋다.

가까운 사람일수록 사랑을 베풀기가 어렵다. 가족에게는 사랑을 베풀기보다 그저 의지하고 싶은 마음이 크기 때문에 단점만 눈에 들어올 뿐 장점은 잘 보이지 않는다. 하지만 장점으로 눈을 돌려 가족의 장점을 분명하게 받아들여 보자. 직장 동료에게도 마찬가지다. 그들의 장점을 발견하고 인정하자. 그것이 바로 사랑이고 자신에 대한 진실한 뉘우침이다.

고통을 이겨내게 하는 보석

지인 중에 독일인 신부가 있다. 그는 젊은 시절 히로시마에 원자 폭탄이 투하되는 상황을 직접 경험했다. 원자 폭탄이 투하된 직후 꼼짝 못하고 누워 있는 그를 누군가 손을 내밀어 일으켜 세워 주었다. 그리고 잠시 뒤 또 다른 누군가가 새까맣게 탄 자전거를 타고 다가왔다. 본인 역시 피부가 짓물러 있는 상태였지만 신부를 자전거 뒤에 태워 주었다. 신부는 당시 사람들의 따뜻한 손길을 수십 년이 지난 지금까지도 잊을 수 없다며 잔잔한 목소리로 얘기하곤 한다.

나 또한 고베에서 대지진이 발생한 직후 현지로 갔다. 그곳에서 본 사람들은 한눈에도 목숨이 위험한 상황에서 살아남았음을 알 수 있었다. 가족을 잃은 사람, 집이 붕괴되어 갈 곳이 없는 사람, 재산을 모두 잃어 빈털터리가 된 사람……. 그런데 그들은 어느 누구도 두려워하지 않았다. 더 이상 잃을 것이 없었기 때문이다. 모두들 마음을 활짝 열고 사람들을 따뜻하게 대해 주었다.

사람의 내면 깊은 곳에는 아름다운 보석이 있다. 그러나 그것은 사느냐 죽느냐 하는 위기 상황을 겪어 보지 않고는 발견하기가 쉽지 않다. 대부분 사회적으로 지위가 올라가고 재산이 불어나면 그것을 지키는 데 온 힘을 기울인다. 더 이상 잃을 것도 두려울 것도 없는 상황에 놓이지 않으면 그런 삶의 태도를 바꾸기 어렵다.

하지만 위기 상황에 놓이지 않고도 인간다움을 되찾을 만한 방법은 있다. 다른 사람들을 도와줄 방법을 찾아 행하면 된다. 고통받는 사람들이 희망과 용기를 얻을 수 있도록 기도하는 것이다. 질병에 걸린 사람이 있다면 통증을 이겨 내게끔 기를 불어넣어 주면 된다. 그 고통에는 나름의 의미가 있으니 고통을 있는 그대로 받아들이고 이를 뛰어넘도록 힘을 보태 주는 것이다.

선물은 인생의
또 다른 즐거움이지

자신이 행복하지 않으면 세상도 행복할 수 없다.

정성스레 키운 제비꽃 화분을 이웃에게 선물한 대가로

행복을 되찾은 어느 노부인처럼 이웃을 위해 할 수 있는 작은 일부터 찾아보자.

그리고 마음속으로 이렇게 외쳐 보자. 내일은 오늘보다 더 밝게 살 것이다.'

마음은 단순하다.

방향을 정하면 아무런 거부 없이 그대로 따라온다.

천사의 제비꽃 화분

'즐겁게 사는 것이 곧 행복이다'라는 프랑스 속담이 있다. 우리가 정말로 즐겁게 산다면 그것이 바로 행복이라는 뜻이다. 아무리 괴로운 상황에 놓여 있다 해도 즐겁게 살고 싶다고 생각하면 마음은 자연스레 그쪽을 향하게 된다.

'나는 즐겁게 살 수 있어. 그래, 벌써 기분이 좋아졌는걸. 앞으로는 더 즐겁게 살아야지.'

무리할 것도 노력할 것도 없다. 그저 마음속으로 이렇게 주문을 외우면 된다.

세계적으로 유명한 밀턴 에릭슨이라는 심리학자가 있다. 언젠가 에릭슨 박사가 여행을 하고 있는데, 언뜻 보기에도 부자처럼 여겨지는 노부인이 그를 찾아왔다.

"저는 웬만큼 돈도 있고 화려한 저택에서 살고 있어요. 이탈리아에서 들여온 고급 가구가 집 안에 가득하고, 요리사가 매일 맛있는 음식을 만들어 내놓지요. 저는 그저 정원 가꾸는 일이나 즐길 뿐 다른 일은 모두 집사가 알아서 해결한답니다. 하지만…… 전 세상에서 가장 불행해요. 외로워서 견딜 수가 없어요."

잠자코 노부인의 푸념을 듣고 있던 에릭슨 박사가 고개를 끄덕이며 물었다.

"음, 그러시군요. 혹시 교회에는 다니시나요?"

"네, 그저 가끔요."

"그렇다면, 우선 부인이 다니는 교회의 교인 명단을 작성하십시오. 생일도 함께 말입니다."

이어서 에릭슨 박사는 또 다른 질문을 던졌다.

"부인께서 정원 가꾸는 일을 좋아한다고 하셨는데, 가장 좋아하는 꽃은 무엇입니까?"

"아프리카제비꽃이에요. 물을 주는 법이 까다로워 정성이 좀 많이 들긴 하지만, 이 꽃만큼은 정말 잘 가꿀 수 있답니다."

노부인은 한결 밝은 표정으로 대답했다.

"그럼 집으로 돌아가서 하실 일이 분명해졌군요. 아까 말씀드린 교인 명단을 보고 생일을 맞이한 사람에게 부인이 직접 가꾼 제비꽃을 선물하십시오. 예쁜 카드도 넣어서 말이지요. 단 아무도 모르게 하셔야 합니다. 그렇게 하다 보면 어느 순간 부인은 세상에서 가장 행복한 사람이 되어 있을 것입니다. 만약 그래도 행복하지 않다면 그때 다시 저를 찾아오십시오."

노부인은 외로움에 지칠 대로 지쳐 있었기 때문에 지푸라기라도 잡는 심정으로 박사가 시키는 대로 했다. 가장 먼저 그달 생일을 맞은 교인들부터 찾았다. 그런 다음 깨끗한 화분에 제비꽃을 옮겨 심고 예쁜 축하 카드도 끼워 넣었다. 만반의 준비를 마친 노부인은 아무도 모르게 새벽 3시에 일어나 생일을 맞은 사람들 집 앞에 화분을 갖다 놓았다.

소문은 얼마 지나지 않아 온 마을에 쫙 퍼졌다.

"우리 마을 사람들이 너무 착해 하늘에서 천사가 내려오는 게 틀림없어요. 그렇지 않고서야 어떻게 생일을 맞은 사람들 집마다 화분이 놓일 수 있겠어요."

화분을 갖다 놓는 것을 본 사람이 아무도 없자 소문은 점점 더 커져 갔다.

그때쯤 노부인이 에릭슨 박사에게 전화를 걸었다. 그리고 그동안의 일들을 자세히 설명했다.

"아무도 모르게 숙제를 했어요."

"정말 잘하셨습니다. 이제 부인 기분은 좀 어떠십니까? 아직도 불행하신가요?"

"네? 불행하냐고요? 제가요?"

부인은 뜻밖의 질문이라도 받은 듯 놀란 목소리로 되물었다.

"부인은 반년 전에 저를 찾아와 부인만큼 불행한 사람은 없을 거라고 말씀하셨습니다. 돈도 많고 멋진 저택도 있지만 외로워서 견딜 수 없다고 하셨지요. 기억나지 않으십니까?"

박사의 말을 듣던 노부인은 잠깐 말이 없었다. 그러더니 갑자기 생각난 듯 밝은 목소리로 외쳤다.

"어쩜! 그 일을 까맣게 잊고 있었어요."

그로부터 석 달이 지나 어느덧 크리스마스가 다가왔다. 크리스마스 날 밤 에릭슨 박사의 집에 전화 한 통이 걸려 왔다. 전화를 건 사람은 다름 아닌 노부인이었다. 노부인은 그 어느 때보다 밝은 목소리로 얘기했다.

"박사님, 이번처럼 신기한 크리스마스는 생전 처음이에요. 정원사가 문 옆에 커다란 크리스마스트리를 장식해 놓았는데요. 아, 글쎄, 오늘 아침에 보니 트리 아래에 선물이 잔뜩 쌓여 있지 뭐예요. 하나같이 모두 평소에 제가 갖고 싶어 하던 것들이었어요. 제가 즐겨 쓰는 스타일의 모자, 제 장갑과 잘 어울리는 머플러 같은 것들이에요. 참, 꽃씨와 멋진 카드도 들어 있더군요. 대체 누가 갖다 놓은 걸까요?"

노부인을 행복에 빠뜨린 사연은 이랬다.

그 마을에는 연세가 많은 할머니 한 분이 살고 계셨다. 마침 그 할머니는 여든다섯 번째 생신을 앞두고 있었다. 할머니와 할머니의 가족은 그해 생신 잔치만 치르고 나면 할머니를 양로원에 모시기로 합의했다. 할머니는 어쩔 수 없이 동의했지만 속으로는 양로원에 가고 싶지 않았다.

며칠 뒤 할머니의 생신이 되었다. 가족들 모두 모여 즐거운 잔치를 벌이고 있었다. 그러던 중 할머니의 눈길이 테이블 위에 놓인 아름다운 제비꽃 화분에 닿았다.

"이건 못 보던 화분이구나."

"천사가 생신 선물을 보낸 거예요."

가족들은 웃으며 입을 모아 대답했다.

그러자 할머니는 정말로 천사가 선물한 것이라고 생각했다. 아니 그렇게 생각하고 싶었다. 그리고 자신을 아껴 주는 사람이 가족 외에도 또 있다고 생각하자 정말 기분이 좋았다. 가족이 아니더라도 자신을 사랑하고 아껴 주는 사람은 얼마든지 있을 것이라는 믿음과 함께 용기가 생겼다. 그리고 이내 양로원에 가기 싫던 마음도 눈 녹듯 사라졌다.

"나도 이젠 정말 양로원 생활을 해 보고 싶구나. 너희 말고도 나를 이렇게 사랑해 주는 이가 있다니, 난 정말 행복한 사람이야. 앞으로 내 걱정은 하지 마라."

할머니의 말에 가족은 감동을 받았다. 그리고 할머니의 마음에 평안을 찾아 준 선물에 대해 무척 궁금해졌다. 가족은 선물을 준 사람이 누구인지 알아보기 시작했다. 대저택에 살고 있는 노부인이 그 주인공이라는 사실을 어렵사리 알게 되었다. 할머니의 가족은 마을 사람들에게 조용히 이 사실을 알렸고, 온 마을 사람들이 크리스마스를 맞아 노부인에게 선물을 한 것이었다.

"제 인생에 이토록 기쁜 크리스마스는 한 번도 없었답니다."

노부인은 감동으로 울먹이고 있었다.

"부인은 크리스마스 선물을 받을 자격이 충분합니다. 부인께서 정원에 씨를 뿌리면 그 씨가 꽃이 되어 부인께 돌아오지 않습니까. 부인은 그동안 작은 씨앗을 마을 사람들에게 듬뿍 뿌려 놓았고, 이번 크리스마스에 아름다운 꽃이 되어 돌아온 것입니다."

당신도 에릭슨 박사가 될 수 있다. 또 노부인도 될 수 있다. 자녀가 마음을 잡지 못하고 방황할 때는 어머니로서, 아버지로서 자녀에게 작은 도움을 줄 수 있다. 상대방이 필요로 하는 것을 만족시켜 주면 되는 것이다.

인간은 어른이 되어도 어린아이 같은 욕심을 가지고 있다. 이것저것 갖고 싶은 것도 많고 그러다 보면 끝없이 욕심을 부리게 된다. 하지만 그런 욕심을 채워 주는 것은 의미가 없다. 상대방이 정말 필요로 하는 것이 무엇인지, 인격적으로 성숙하려면 무엇이 필요한지 파악하고 그것을 만족시켜 주어야 한다. 원하는 것이 무엇인지 물어보아야 할 때도 있을 것이다. 그리고 그것이 인격적으로 성장하는 데 꼭 필요하다면 진심을 담아 만족시켜 주자.

혹시 당신 마음이 불안하고 고통스러워 죽고 싶은가? 그렇다면 밖으로 나가 쓰레기라도 주워 보자. 빈 캔, 휴지 하나라도 상관없다. 무엇인가 작은 일부터 시작해 보는 거다. 다른 사람을 위해서가 아니라 바로 당신 자신을 위해서 말이다. 당신이 즐겁고 행복하다면 당신 주위에 있는 사람들도 틀림없이 행복할 것이다.

우리는 항상 눈에 보이지 않는 파동을 타고 메시지를 보낸다. 아름다운 꽃은 그 자체만으로도 아름다운 메시지를 보낸다. 파동을 타고 우리에게 기를 보내는 것이다. 꽃보다 존귀한 당신이 기분 좋게 생활한다면 그보다 훨씬 강한 기를 뿜어낼 것이다. 그것은 주위를 적시고 돌고 돌아 기분 좋은 다른 누군가에 의해 다시 당신에게로 돌아온다.

그러다 보면 주위 환경이 아름다워진다. 아름다운 환경은 마음의 눈으로만 볼 수 있다. 아름다운 환경 속에서 생활하는 것이야말로 진정 아름다운 삶인 것이다. 마음속으로 이렇게 외쳐 보자.

'나는 밝게 살고 싶다. 밝게 살 수 있다. 오늘보다 내일 더 밝게 살 것이다.'

마음은 단순하다. 방향을 정하면 거부하지 않고 따라온다.

말은 영혼도 움직인단다

'말 한마디가 천 냥 빚을 갚는다' 라는 속담이 있듯이

말이 가진 힘은 위대하다.

좋은 말을 되풀이하면 당신의 영혼이 깨어나고,

마음속 깊이 잠들어 있는 행복도 살아난다.

삶에서 가장 중요한 임무

몇 년 전 미국 전체를 뒤흔든 엄청난 사건이 있었다. 재판 도중 법정 안에 서 있던 범인이 옆에 있는 경찰관의 허리에서 총을 빼 난사한 사건이었다. 이 일로 재판관을 포함한 3명이 그 자리에서 목숨을 잃었다. 더 충격적인 것은 사고 직후 혼란한 틈을 타 범인이 달아나 행방불명이 된 일이었다. 미국에서는 연일 이 사건을 대대적으로 보도했고, 범인의 얼굴은 수십 차례 매체를 통해 공개되었다.

그즈음 한 젊은 여성이 그 지역으로 이사를 오게 되었다. 그녀에게는 아들이 있었는데, 아이 아버지가 일찍 세상을 떠난 터라 혼자서 키우고 있었다. 의지할 곳이 없던 그녀는 이사를 하는 동안 아이를 탁아소에 맡길 수밖에 없었다. 엄마와 떨어지지 않으려는 아이에게 사흘째 되는 날 꼭 데리러 오겠다고 약속을 했다.

그렇게 이사를 하고 이틀째 되는 날, 이삿짐을 정리하다 보니 어느덧 한밤중이 되었다. 그때까지 저녁 식사도 하지 못한 그녀는 먹을 것을 사기 위해 근처 슈퍼마켓으로 향했다. 시간은 벌써 새벽 2시를 넘기고 있었다.

전날 저녁 집 앞에 수상한 트럭 한 대가 멈추어 있던 게 떠올랐지만, 슈퍼마켓이 바로 집 앞에 있었기 때문에 크게 걱정하지는 않았다. 밖으로 나오자 트럭이 그대로 서 있었다. 다행히 트럭 안에 사람은 없는 것 같았다.

그녀는 슈퍼마켓으로 들어가 식료품을 사고는 서둘러 집으로 향했다. 그런데 막 집으로 들어서려는 순간 트럭 안에서 모자를 깊이 눌러쓴 남자가 모습을 드러냈다. 남자는 순식간에 그녀의 등 뒤로 다가와 총을 겨눴다. 그러고는 머리에 쓰고 있던 모자를 벗더니 위협적으로 말했다.

"내가 누구인지 알아보겠어?"

겁에 질린 그녀는 남자의 얼굴을 힐끗 보았다. 그는 다름 아닌 공개 수배 중인 범인이었다.

"나는 이미 여러 사람을 죽였어. 그러니 앞으로 몇 명쯤 더 죽인다고 해도 달라지는 게 없겠지. 명심해!"

남자는 그녀를 집 안으로 밀어 넣고 곧바로 그녀의 손과 발을 묶었다.

"부탁이에요. 제발 살려 주세요. 제가 죽으면 제 아이는 고아가

돼요. 제발 목숨만 살려 주세요."

겁에 질린 그녀가 울며 애원했지만 범인은 그녀의 입까지 테이프로 막아 버렸다. 소파에 앉은 범인은 이내 먹을 것을 요구했다. 손발이 꽁꽁 묶인 그녀는 눈으로 슈퍼마켓 봉투를 가리켰다. 그제야 범인은 그녀의 입에 붙여 둔 테이프를 떼어 주었다.

며칠 동안 굶었는지 범인은 음식을 허겁지겁 먹어 치우기 시작했다. 그런 범인을 두려운 눈으로 지켜보던 그녀는 문득 힘들 때마다 자신을 이끌어 주던 책이 떠올랐다. 그리고 침착한 목소리로 말을 꺼냈다.

"당신이 음식을 먹는 동안 꼭 읽고 싶은 책이 있어요. 혹시 그 책을 좀 읽어도 될까요?"

"책? 책이 어디 있는데?"

다행히도 범인의 목소리는 차분히 가라앉아 있었다.

"침실요……."

"가져와!"

손발이 묶인 그녀는 두 발을 모아 힘겹게 걸어 책을 가져왔다. 그런 다음 입으로 페이지를 넘기며 열심히 읽었다. 음식을 먹고 있던 범인은 책을 읽는 그녀를 힐끗 쳐다보더니 이내 소리 내 읽어 보라고 했다. 그 책은 《The Purpose Driven Life목적이 이끄는 삶》이었다.

그녀는 기회라 생각하고 그 책에서 가장 감명 깊게 읽은 부분을 떠올렸다.

"그런데 제가 꼭 읽고 싶은 부분이 있어요. 그 부분을 찾아 읽어도 될까요?"

범인이 고개를 끄덕이자 그녀는 곧바로 그 부분을 찾아 읽기 시작했다. 인생의 목적은 무엇인지, 인간은 무엇 때문에 살고 있는지 설명하는 꽤 어려운 내용이었다.

'인간은 신으로부터 생명을 얻어 살아가는 존재다. 인간에게는 누구나 이 세상에서 맡은 임무가 있다. 인생이란 숱한 고통을 겪으며 임무를 수행하다 마지막 임무를 다하는 순간 죽는 것이다. 임무 중 특히 중요한 것은 다른 사람을 돕는 일이다. 사람마다 돕는 방법은 모두 다르지만 나로 인해 다른 사람이 인생의 소중함을 깨닫는 것, 그것이야말로 가장 중요한 공동의 임무다.'

책 읽는 소리에 귀를 기울이고 있던 범인은 같은 구절을 몇 번이나 되풀이해 읽게 했다. 그녀는 범인이 시키는 대로 몇 번이나 천천히 큰 소리로 읽었다. 그녀가 같은 구절을 열 번 정도 읽는 동안 어느새 아침이 되었다. 날이 밝자 그녀는 범인에게 간곡히 부탁했다.

"오늘 아침 일찍 탁아소에 맡긴 아이를 데려와야 해요. 그렇게 하기로 약속했거든요. 제발 부탁입니다."

범인은 그녀의 말에는 아랑곳하지 않고 고개를 숙인 채 전혀 다른 말을 던졌다.

"빵 좀 줘!"

손발이 풀린 그녀는 정성껏 토스트를 구워 버터와 함께 범인 앞에 내밀었다.

"뭐야, 이건 최고급 버터잖아!"

범인은 버터를 보고 깜짝 놀란 표정을 지었다. 지금까지 최고급 버터를 먹어 본 적이 없었기 때문이다. 범인은 토스트에 버터를 듬뿍 발라 맛있게 베어 물더니 커피도 한 잔 달라고 요구했다. 그녀는 묵묵히 커피를 타 주고는 용기를 내 다시 한 번 부탁했다.

"아이를 꼭 데려와야 해요……."

범인은 쳐다보지도 않은 채 조용히 고개를 끄덕였다. 그녀를 내보내 주기로 한 것이다.

범인은 그녀가 집을 나서는 모습을 묵묵히 바라볼 뿐이었다. 밖으로 나온 그녀는 긴장이 풀려 그 자리에 쓰러질 것만 같았다. 그리고 한편으론 너무나 고민이 되었다. 경찰에 알려야 할까, 아니면 아무런 해도 끼치지 않고 집에서 나가게 해 준 범인을 봐서 잠자코 있어야 할까. 사실 그녀는 책을 읽어 주며 범인에게 자수할 것을 권했다. 하지만 범인은 아무런 대답도 하지 않았다. 고심 끝에 그녀는

행복과 재앙의 경계선은 생각이 만든다.
생각이 조금만 달라져도 경계는 전혀 딴판이 된다.

〈채근담〉

죄를 지으면 마땅히 죄 값을 치러야 한다는 판단을 내리고 경찰서로 향했다.

신고하자마자 100명이 넘는 경찰이 그녀의 집을 에워쌌다. 그 사실을 눈치챈 범인은 모든 것을 포기한 듯 두 손을 높이 치켜들고 조용히 집 밖으로 걸어 나왔다. 여성은 초조한 모습으로 경찰들 틈에 서 있었다.

경찰에게 체포되어 끌려가던 범인은 잠시 걸음을 멈추더니 그녀에게로 눈을 돌렸다. 그러고는 작은 목소리로 믿을 수 없는 말을 남겼다.

"고맙습니다……."

범인의 얼굴에는 이제 처음의 거친 표정은 사라지고 없었다. 나중에 알려진 사실이지만 그녀의 집 앞에는 방범 카메라가 설치되어 있었다. 그래서 범인이 그녀를 협박해 들어올 때와 체포될 때의 모습이 그대로 녹화되었다. 그 두 모습만 비교해 봐도 범인의 내면세계에 얼마나 커다란 변화가 일어났는지 쉽게 알 수 있었다.

그녀는 두려움 때문에 정신을 차릴 수 없는 상황에서도 자주 읽으며 힘을 얻던 책을 통해 범인의 내면세계를 바꾸어 놓은 것이다.

언령言靈이라는 말이 있다. 말에 혼이 있다는 뜻이다. 이렇듯 말에는 강한 힘이 있다. 좋은 말을 되풀이하여 당신의 영혼을 울리면 언령이 당신의 내부에서 행복을 끌어내 줄 것이다. 좋은 말은 여러 사람을 죽음으로 몬 살인자의 마음까지도 바꿀 만큼 힘이 있다.

모든 인류는 하나로 연결되어 있다. 우리가 고통의 시간을 지혜롭게 뛰어넘으면 그 에너지가 다른 사람에게로 전달된다. 그래서 누군가 고통을 느끼고 심지어 죽고 싶다는 생각이 들 때라도 다시 한 번 용기를 내어 살아갈 힘이 되어 주는 것이다. 고통을 뛰어넘은 자는 다른 사람에게 희망의 메시지를 전해 줄 수 있다.

잠들기 전
그 순간의 상상

잠들기 전 당신은 주로 어떤 생각을 떠올리는가?

아쉽거나 후회스러운 일을 떠올리며 한숨을 쉬는가?

오늘부터는 잠들기 전에 3분만 상상하자.

즐겁고, 기쁘고, 감동적이던 순간만 떠올리자.

하루가 다르게 변해 가는 당신을 만날 것이다.

잠들기 전
기분 좋았던 일만 떠올리자

 매일 밤 잠들기 전 3분만 글을 써 보자. 3분 동안 하루를 되돌아보고 즐거웠던 일, 기뻤던 일, 감동을 느꼈던 일을 가능하면 많이 써 보자. 반성을 하라는 것이 아니다. 반성 따위는 필요 없다.

'아름다운 꽃을 보았다', '오늘은 기분 좋게 하루를 보냈다', '오랜만에 반가운 사람들을 만나 즐거웠다', '날씨가 맑아 기분이 좋았다', '점심으로 정말 맛있는 음식을 먹었다' 등 어떤 내용이어도 상관없다.

그리고 한 달 뒤 그동안 썼던 글들을 읽어 보자. 아주 신기한 사실을 발견할 것이다. 당신은 분명 수첩에 그날그날 즐거웠던 일, 기뻤던 일들만 빼곡히 적었다. 그런데 다시 읽어 보면 하나같이 모두 평범한 내용들일 것이다.

더욱 놀라운 것은 지금부터다. 이 일을 한 달 정도 계속해 나가면 자기도 모르게 매우 편안한 마음으로 지낼 뿐만 아니라 하루하루를 상쾌하고 즐겁게 보내고 있다는 사실을 깨달을 것이다.

두 달, 석 달 계속해 나가면 어떻게 될까? 자신의 내부에서 일어나는 신비로운 기적을 체험할 것이다. 사람 안에 존재하는 강력한 힘, 행복에 이르는 힘이 매일 샘솟는 것이다. 단, 원칙이 두 가지 있다. 3분 안에 쓸 것, 그리고 나쁜 일 말고 좋은 일만 쓸 것.

'오늘은 비가 내려서 우울했다'처럼 문장에 부정적인 단어가 들어가면 안 된다. '오늘은 날씨가 맑아 기분이 좋았다'와 같이 긍정적인 낱말만 사용해야 한다.

우리는 무슨 일이 생길 때마다 '무엇 때문에' 혹은 '누구 때문에'라며 핑계를 찾는다. 인간은 태어나기 전부터 자신의 인생을 어떻게 보낼 것인지 스스로 설계한다고 한다. 보다 성숙해지기 위해 얼마만큼의 고통을 겪고 그것을 뛰어넘겠다고 계획하는 것이다.

우리가 이 세상을 떠나 천국으로 갈 때 영혼이 커다란 기쁨을 맛보려면 보다 넓은 마음으로 사랑을 실천하고 자신의 잠재 능력을 이끌어 낼 필요가 있다. 여러 시련을 통해 마음을 넓히고 사랑을 실천해 성숙의 기회로 삼는 것, 그것이 바로 삶의 의미이다.

고통과 괴로움도 기회라고 생각하자. 고통이 있을 때면 반드시 그것을 뛰어넘을 힘과 은혜도 함께 주어지기 마련이다. 신은 절대 우리가 견딜 수 없는 시련은 주시지 않는다.

'가는 곳마다 사랑을 뿌리자. 우선, 자신의 집부터 시작해서 아이들에게, 반려자에게, 그리고 이웃에게 사랑을 베풀자. 당신을 만나러 오는 사람에게 행복을 안겨 돌려보내자. 신의 사랑을 몸으로 표현해 보자. 당신의 표정으로, 눈길로, 미소로, 진심이 담긴 인사로.'

위 글에서처럼 마더 테레사는 사랑이란 반드시 큰일을 하는 것만은 아니라고 했다. 자기가 할 수 있는 일 가운데 작은 것부터 시작하면 된다. 특히 가장 가까운 가족을 소중히 여겨야 한다. 인간관계는 가족에서부터 시작된다. 가족은 때로 번거롭고 성가신 존재가 되기도 한다. 하지만 가족에 대한 사랑부터 시작해 보자.

가족보다 더 가까운 인간관계는 자기 자신과의 관계다. 자신을 책망하거나 꾸짖는 것은 자신에 대해 분노하고 죄책감을 강조하는 옳지 못한 행위이다.

우선 자신을 용서할 줄 알아야 한다. 그러려면 자신을 진정 사랑하고 스스로에게 신의 사랑을 보여 주어야 한다.

'너는 나쁜 짓을 했으니 나쁜 인간 너는 좋은 짓을 했으니 좋은 인간!'

신은 우리를 이렇게 구분하지 않는다. 이렇게 구분한다면 이미 신이 아니다. 현재 있는 그대로의 당신을 인정하고 사랑으로 감싸 주는 존재가 바로 신이다. 신도 당신을 재판하지 않는데 왜 스스로

어리석은 자는 행복을 멀리서 찾고,
지혜로운 사람은 행복을 자기 발밑에서 기른다.

J. 오펜하임

자신을 재판하려 하는가.

자신을 사랑해야 다른 사람도 사랑할 수 있다. 당신이 만나는 모든 사람에게 따뜻한 눈길과 부드러운 사랑을 선물하면 그들은 삶의 기쁨을 느끼고 살아갈 용기를 얻을 것이다.

Message 13

천사는 늘
네 옆에 있어

세상을 떠난 사람들은

자신이 직접 찾아오는 대신 천사를 보내 준다.

그들은 수많은 사람에게 천사를 보내 자신의 애정을 전한다.

당신을 얼마나 사랑하는지 알려 준다.

천사의 존재

2주 정도 마닐라에 다녀온 적이 있다. 늦더위가 한창 기승을 부리던 때였다. 습기가 높고 무더워서 숨이 턱 턱 막혔다. 마닐라에서 집으로 돌아오자 내가 사는 곳의 나무가 아름답고 건물도 깨끗하며 거리를 오가는 사람들의 복장도 산뜻하다는 느낌이 새삼 들었다. 그 전에 미국에서 1년 정도 생활하고 돌아왔을 때는 내가 사는 곳의 건물과 도로가 너무 좁다고 느꼈던 게 떠올랐다. 이번 경험을 통해서 나는 새삼 인간은 자신이 경험한 것을 기준으로 사물을 바라본다는 사실을 실감했다. 같은 사물이라도 시각을 바꾸면 느낌이 달라지는 것이다.

인간의 행복은 아주 작은 데 있다. 거대한 성과가 있을 때만 행복하다고 생각하는 것은 잘못이다. 행복은 매일 살아가는 일상 속의 당연한 일, 작은 일에 존재하는 것이다. 만약 우리가 자신보다 훨씬 비참하고 힘들게 살아가는 사람들 속에서 살아간다면 어떨까? 아마도 자신이 얼마나 행복한지 항상 느낄 것이다.

낯선 곳에서 길을 잃었을 때 지나가는 사람에게 물어보면 대부분 친절하게 가르쳐 준다. 미국에서는 그런 사람을 '천사'라고 부른다. 다소 거창한 표현 같지만 원하는 것을 가르쳐 주고 대가도 바라지 않은 채 그대로 사라지기 때문이다.

천사는 우리의 필요를 채워 주고는 말없이 사라진다. "내가 해 준 거야"라고 절대 말하지 않는다. 우리가 상심할 때는 비록 보이지는 않지만 살며시 다가와 어깨에 손을 올려놓기도 한다. 어깨를 두드리고 격려하면서 에너지를 보내 주는 것이다. 우리의 마음이 에너지로 가득 차서 얼굴에 미소가 떠오르면 천사는 말없이 그 자리를 떠난다.

상심해 있을 때 천사가 찾아오면 왠지 모르게 기운을 차리고 의욕이 살아난다. 그리고 곧 새로운 생활을 시작한다. 세상을 떠난 사람들은 자신이 직접 찾아오는 대신 천사를 보내 준다. 그들은 수많은 사람에게 천사를 보내 자신의 애정을 전한다. 당신을 얼마나 사랑하는지 알려 준다. 마음의 눈을 뜨고 있는 사람이라면 천사를 분명 느낄 수 있을 것이다.

힘들 땐 그냥 울자

고통스러운가? 그럼 이것저것 따지지 말고 마음껏 울어 보자. 살다 보면 슬플 때도 괴로울 때도 있기 마련이다. 갑자기 병에 걸리거나 가족을 잃을 수도 있고, 회사에서 퇴직을 당하거나 재산을 날리는 등 힘든 일은 수없이 일어난다. 그럴 때는 마음의 균형이 무너지기 쉽다.

슬플 때는 방해받지 않을 만한 장소를 찾아 마음껏 눈물을 흘리자. 아무 생각 없이, 감정이 흐르는 대로, 속이 후련해질 때까지 울자. 눈물만큼 마음에 힘을 주는 것도 없다.

사람이 울 때는 천사가 곁에서 함께 슬퍼하며 위로해 준다고 한다. 하지만 그렇다고 끝없이 슬픔에만 잠겨 있어도 안 된다. 만약 사랑하는 사람과 영원히 이별한 뒤라면 반년 정도는 마음껏 슬퍼해도 좋다. 그러나 반년이 지나면 이제 그만 현실을 받아들여야 한다. 현실을 받아들일 수 있는 힘은 지난 반년 동안 곁에서 위로해 준 천사가 충분히 불어넣어 주었을 것이다. 반년이 지나면 스스로 새로운 인생을 개척해야 한다.

　질병을 받아들이는 용기와 고난을 받아들이는 용기도 가져야 한다. 그리고 그 용기를 바탕으로 새롭게 시작해야 한다. 그동안 인연을 맺은 수많은 사람이 천사가 되어 당신에게 따뜻한 손길을 내밀 것이다. 그리고 당신이 혼자가 아니라는 사실을, 많은 이가 당신을 지켜 주고 있다는 사실을, 그래서 당신은 소중한 사람이라는 사실을 알려 줄 것이다. 그렇다면 천사가 되어 준 사람들에게 보답이라도 해야 하지 않을까? 그들에 대한 최고의 선물은 바로 당신이 행복해지는 것이다.

　삶에서 가장 중요한 의무는 자신을 정당방위로 지키는 것이다. 정당방위 하면 흔히 폭력으로부터 몸을 지키는 것을 떠올리게 된다. 하지만 여기서는 일상생활에서 올바르고 행복하게 사는 것을 의미한다. 일상은 아무것도 아니다. 자신이 놓여 있는 상황에서 자신에게 주어진 의무와 역할을 다하며 사는 것이다. 그것이 바로 자신을 지키는 길이다.

　인간은 동시에 몇 가지 이야기를 들을 수 없다. 동시에 몇 가지 대상에 초점을 맞출 수도 없다. 당신이 행복에 초점을 맞춘다면 불행에는 초점을 맞출 수 없다. 그러므로 스스로를 책망하는 목소리에는 귀를 닫고, 축복하고 힘을 주는 목소리에만 귀를 기울이자. 행복에 초점을 맞추고 세상을 바라본다면, 무거운 짐이라고 생각했던 것들이 어느 순간 가볍게 느껴질 것이다. 자신에게 주어진 임무를 정성을 다하여 이루어 나가다 보면 당신의 내부는 행복한 에너지로 가득 찰 것이다.

슬픔도 나눌 줄
알아야 해

혼자서 짊어지기 어려운 일이 닥치면

가슴속에 담아 두지 말고 터놓고 이야기하자.

얼마나 힘들었는지, 얼마나 무서웠는지 이야기하다 보면

내 안에 쌓여 있던 무거운 짐도 어느덧 가벼워진다.

삶과 죽음을 갈라놓는 것

몇 년 전 태국에 다녀온 일이 있다. 태국으로 떠나기 바로 전날, 쓰나미가 발생했다는 보도를 접했다. 나는 예정되어 있던 계획을 서둘러 변경하고 쓰나미 피해를 입은 사람들을 먼저 찾았다. 그들이 입은 마음의 상처를 치유하기 위해서였다. 그런 긴급 상황에서 나는 신의 손에 이끌려 그곳으로 인도되었음을 뼈저리게 느꼈다.

마침 그즈음 평소에 친하게 지내던 지인의 딸 부부가 태국으로 여행을 떠났다는 소식을 들었다. 더구나 여행지가 피해가 가장 컸던 피피 섬 근처의 시린 섬이었기 때문에 출발할 때부터 그들이 무사한지 걱정이 되었다.

태국에 도착해 얼마 지나지 않아 그 부부에게서 전화가 왔다. 기적적으로 목숨을 건진 두 사람은 비행기를 타고 방콕으로 가는 중이라고 했다. 방콕 공항에서는 쓰나미 피해를 입은 사람들을 맞이할 만반의 준비를 갖추고 있었다. 그들이 비행기에서 내리자 당국은 그들 모두에게 무료로 호텔 방을 제공하고 마음 놓고 쉴 수 있도록 배려해 주었다.

쓰나미가 있기 전날 밤, 부부는 바닷가 근처에 텐트를 친 뒤 머물고 있었다. 부부는 텐트 안에 안전 금고가 있는 것을 보고는 돈과 여권을 비롯한 중요한 물건들을 그 안에 넣어 두려고 했다. 그런데 지나가던 사람이 안전 금고는 위험하니 차라리 몸에 지니고 있으라고 충고를 해 주었다. 마침 다음 날 방갈로로 옮길 계획이라서 귀중품을 모두 뭉뚱그려 아예 하나의 짐으로 싸 두었다.

쓰나미가 발생한 당일 젊은 부부는 아직 거처를 옮기지 않은 상태였다. 그리고 쓰나미가 몰려오던 그 시각, 바다를 좋아하는 남편은 잠수용 장비를 갖추고 바닷속으로 들어갔고, 아내는 텐트 안에서 책을 읽고 있었다. 다른 사람들은 바깥 열기를 막으려고 모두 텐트를 닫고 있었지만 아내는 남편을 볼 수 있도록 활짝 열어 두었다. 당시만 해도 텐트를 열어 둔 것이 아내의 목숨을 살려 주리라고는 전혀 생각지 못했다.

책을 읽던 아내는 무언가 이상한 느낌에 고개를 들었다. 그런데 그 순간 이미 텐트 안으로 엄청난 파도가 밀려들어 왔다. 이내 텐트는 눈 깜짝할 사이에 언덕 위쪽으로 밀려 올라갔다. 엄청난 기세로 언덕까지 밀려간 아내는 텐트 안에 들어 있는 상태에서 절벽에 부딪혔고 그 기세로 텐트 밖으로 내동댕이쳐졌다. 짐도 텐트 밖으로 튕겨 나왔다. 그러자 높은 곳에 있던 사람들이 손을 내밀어 끌어올려 주었다. 덕분에 아내는 목숨을 구할 수 있었다. 사람들은 아내의 짐도 무사히 건져 주었다.

생사를 오가는 위험한 그 순간에 아내의 머릿속에 떠오르는 게 하나 있었다. 최근에 돌아가신 아버지를 생각하며 어머니가 매일같이 가족을 위해 기도를 올리는 모습이었다. 이어 '어머니가 기도해 주시니까 나는 절대로 죽지 않을 거야'라는 믿음이 생겼다.

한편 텐트를 닫고 안에 들어가 있던 사람들은 지퍼를 열 수 없어 그 안에 갇힌 채 모두 먼 바다로 흘러가 버렸다. 텐트 안에 있다가 목숨을 건진 사람은 아내뿐이었다고 한다. 대체 무엇이 삶과 죽음을 갈라놓은 것일까.

아내가 언덕 위로 올라가자 파도는 물러가기 시작했고, 하얀 텐트가 마치 무늬를 그리듯 바다 저편으로 흘러가는 모습이 보였다. 그제야 아내는 남편이 생각나 온몸이 떨리기 시작했다. 옆에 있던 사람들이 손을 내밀어 떨고 있는 아내를 부축해 주었다. 그 따뜻한 손길이 아내는 견딜 수 없이 고마웠다.

수영도 잠수도 잘하는 남편은 물속 이곳저곳을 구경하고 있었다. 그런데 갑자기 거센 기세로 해저가 밀려가는 느낌이 들었다.

'아, 지금 내가 엄청난 기세로 물살에 밀려가고 있구나.'

상황을 깨달은 남편은 냉정하려고 노력했다. 한편으로는 이런 생각도 떠올랐다.

'어머니가 매일 아침 기도해 주시니까 아무 일도 없을 거야.'

이윽고 마음을 가라앉힌 남편은 지금 자신이 해야 할 일은 힘을 낭비하지 않는 것, 물살의 흐름에 몸을 맡기고 파도 위에 조용히 떠 있는 것이라고 판단했다.

30분 정도 물살에 흔들리고 있으니 저편에 검은 바위가 보였다. 남편은 그때까지 축적해 둔 힘을 쥐어짜 그 바위를 향해 헤엄쳐 갔다. 바위에 이르러서는 평소 닦아 둔 암벽 등반 실력을 발휘해 바위 위로 기어올랐다. 그러고는 배가 지나가기만을 애타게 기다렸다.

시간이 얼마나 흘렀을까. 다행히 멀리서 배가 한 척 다가왔다. 그러나 물살이 너무 빨라 가까이 다가오지 못했다. 배 위에 있는 사람이 남편을 향해 헤엄쳐 오라고 신호를 보냈다. 남편은 전력을 다하여 헤엄을 치기 시작했고 마침내 배 위로 올라갈 수 있었다. 그리고 무사히 섬으로 돌아왔다.

이 젊은 부부가 험난한 상황에서 정신을 잃지 않고 힘을 얻을 수 있었던 이유는 무엇일까? 여러 가지가 있겠지만, 난 무엇보다 자신을 위해 기도해 주는 누군가가 있다는 믿음 덕택이었다고 생각한다.

또 하나, 쓰나미를 통해 알게 된 놀라운 사실이 있다. 세상은 인간끼리만 연결된 것이 아니라 생명을 지닌 모든 존재가 서로 연결되어 있다는 사실이다. 너무 심오한 이야기인가? 아래의 예를 들어 보면 쉽게 이해할 것이다.

태국에서는 예나 지금이나 코끼리를 매우 중요하게 여긴다. 교통수단이 없던 옛날에는 코끼리가 왕의 행차에 쓰이는 수단이었고, 오늘날에는 태국 관광에 빠질 수 없는 상품이기 때문이다.

쓰나미가 발생한 날, 해안에는 여덟 마리의 코끼리가 관광객을 태우기 위해 대기 중이었다. 손님을 태우지 않는 몇몇 코끼리는 다리에 사슬을 걸어 커다란 바위에 묶여 있었다. 그런데 갑자기 코끼리들이 일제히 몸을 일으키며 커다란 울음소리를 냈다. 조련사조차 한 번도 들어 보지 못한 소리였다. 나중에 알고 보니 그때가 최초의 발원지에서 지진이 발생한 시간이었다고 한다.

그리고 잠시 후, 쓰나미가 밀려오기 직전 코끼리들이 또 한 번 한꺼번에 울음을 터뜨렸다. 그뿐만이 아니었다. 이번에는 이상한 행동을 하더니 급기야는 다리에 연결된 사슬까지 끊어 버렸다. 자유로워진 코끼리들은 조련사가 말릴 틈도 없이 일제히 언덕을 향해 달리기 시작했다. 몇 마리는 관광객을 태운 채였다. 서로의 몸을 맞

대고 무리를 지어 언덕을 향하는 코끼리의 행렬은 그야말로 장관이었다.

코끼리들은 언덕으로 달려가며 해안가에서 일광욕을 즐기고 있던 사람들을 코로 감아 등에 태우기까지 했다. 엄청난 기세로 달리던 코끼리들은 언덕에 도착한 뒤에야 걸음을 멈추고 등에 태운 사람들을 내려놓았다. 그 순간, 쓰나미가 몰아닥쳤다. 거센 파도가 바로 언덕 아래까지 밀려왔다가 멀어져 갔다. 영문도 모른 채 코끼리의 등에 태워진 사람들과 코끼리를 쫓아 정신없이 달려온 조련사들만이 목숨을 구할 수 있었다.

이것은 지구 전체가 하나의 리듬으로 연결되어 있음을 의미한다. 코끼리들은 쓰나미가 올 것을 가장 먼저 알아차리고 최선을 다해 사람들을 구한 것이다. 쓰나미로 휩쓸려간 바다에는 동물의 사체가 하나도 없었다고 한다.

속에 담아두지 말라

 예전에 샌프란시스코에서 잠시 지낼 때였는데, 그곳에 대지진이 일어났다. 그런데 그곳에서는 엄청난 재난에 대처하는 방법이 좀 특이했다. 지진의 여파로 아직 혼란을 겪고 있는데도 유치원, 초등학교, 중학교, 고등학교에서 학생들에게 등교하라는 공지를 내렸다. 지진의 후유증이 채 가시지 않은 상황이라서 수업을 진행하긴 힘들 것 같았다.

학생들이 모두 모이자 학교에서는 정규 수업 대신 사흘 내내 지진으로 각자 겪은 느낌을 솔직하게 터놓고 이야기하게 했다. 얼마나 무서웠는지, 지진이 발생했을 때 어디서 무엇을 하고 있었는지, 가족은 어떻게 되었는지 등등. 학생들은 너나없이 입을 모아 자신의 경험담을 쏟아 냈다. 말없이 앉아 있는 학생이 있으면 선생님이 다가가 일부러 말을 하도록 유도했다.

"너는 그때 뭘 하고 있었니?"

그러면 아이들은 당시 상황이 떠오르는 듯 두려움에 젖은 눈길로 천천히 대답했다.

"아파서 누워 있었어요."

"졸렸지만 잠이 오지 않았어요."

혼자서 감당할 수 없을 만큼 큰일이 생겼을 때 그것을 가슴속에 담아 두면 후유증이 남게 된다. 들어 줄 사람이 곁에 있다면 얼마나 무서웠는지, 얼마나 기분이 나빴는지 터놓고 이야기하는 것이 좋다. 가슴속의 느낌을 모두 털어놓으면 어떤 충격의 후유증으로 정신적 스트레스에 시달리게 되는 '외상 후 스트레스 장애PTSD'가 생기지 않는다는 사실을 그때 배웠다.

기도를 해 주는 사람이 있다는 것, 두려웠던 경험을 들어 줄 사람이 있다는 것은 정말 중요하다. 세상을 살다 보면 누구나 혼자서는 감당하기 어려운 일을 경험하게 마련이다. 그럴 때는 가슴속에 담아 두지 말고 터놓고 이야기해야 한다.

쓰나미를 만난 젊은 부부는 정말 무서운 경험을 했지만 항상 이렇게 말한다.

"그렇게 많은 사람의 따뜻한 마음을 느껴 본 적은 한 번도 없었어요."

쓰나미가 발생했을 때 간신히 목숨을 건진 사람들은 국경을 초월해 최선을 다하여 서로를 도왔다. 서로를 부둥켜안으며 생명의 소중함을 축복했다. 그리고 그렇게 인류와 국가를 넘어 위기 상황에 놓인 사람을 돕는 것이야말로 인간의 본질이라고 입을 모아 이야기했다.

생명이 위태로울 때는 내부에 잠들어 있는 힘이 샘솟는다. 따뜻하게 서로를 연결해 주는 사랑, 그 자체가 힘이다. 서로에 대한 배려, 서로를 소중하게 생각하는 따뜻한 사랑이 깃든 부드러운 힘이다. 내면세계에 존재하는 인간의 본질은 사람과 사람을 따뜻하게 연결해 주는 작용을 한다. 모든 생명체는 서로 연결되어 있다. 우리는 본질적으로 따뜻한 사랑으로 연결되어 있는 소중한 존재인 것이다.

내 삶의 세 가지 가치

사람에게는 세 가지 가치를 만들어 내는 힘이 있다.

첫째는 새로운 것을 만들어 사람들에게 행복을 안겨 주는 가치이고,

둘째는 체험을 통해 감동을 맛보는 가치이며,

셋째는 자신은 물론 주위 사람들까지 밝은 쪽으로 이끄는 가치다.

할 일이 있는 사람은 죽지 않는다

우리는 대우주가 전파하는 에너지의 파동 안에서 살고 있다. 이 파동과 우리 내부에서 발산하는 에너지의 파동이 조화를 이룰 때는 모든 일이 순조롭게 진행된다. 혹 나쁜 일이 있다 해도 대우주의 파동을 타고 나면 좋은 방향으로 바뀌어 간다. 이것을 학술적으로 정리한 사람이 프랭클이라는 정신과 의사다.

프랭클은 제2차 세계 대전이 일어났을 때 나치에게 체포되어 아우슈비츠 강제 수용소에 갇혔다. 견딜 수 없는 고통과 굶주림 속에서 생명의 위협을 받는 상황까지 몰렸지만 절대 이대로 죽을 수 없다는 생각이 들었다.

'어떤 상황에 놓이든 삶에는 의미가 있어. 설령 아우슈비츠에서 목숨을 잃는다 해도 내 인생은 의미가 있는 거야. 이 고통 속에도 반드시 의미는 있어. 이 사실을 사람들에게 알리기 전까진 절대 죽을 수 없어.'

프랭클은 이런 생각들을 잊지 않기 위해 틈틈이 메모를 했다. 하지만 메모 뭉치는 번번이 발각되어 소각돼 버리고 말았다. 그래도 프랭클은 이것이 자신의 임무라는 생각에 좌절하지 않고 스스로를 더욱 격려할 수 있었다.

무엇인가 할 일이 있는 사람은 죽지 않는다. 물론 운명적으로 때가 되었다면 죽을 것이다. 정해진 시기에는 모두 죽게 마련이다. 세살배기 어린아이가 죽는 것이 그 아이의 인생 설계도라면 죽을 수밖에 없다. 사람은 자신의 설계도대로 가장 적절한 시기에 죽는다고 한다.

자신이 왜 태어났는지, 이 세상에서의 사명이 무엇인지 죽을 때까지 알 수 없을지도 모른다. 프랭클은 그저 각자의 일상생활에 삶의 의미가 있다는 것을 말하고 싶어 했다. 이후 나치에서 해방된 그는 자신의 철학을 정리하여 실존 분석의 창시자가 되었다.

언젠가 프랭클이 강연을 하고 있을 때였다. 갑자기 청중 가운데 한 사람이 손을 들고 물었다.

"선생님은 훌륭한 정신과 의사로서 많은 사람에게 좋은 말씀을 해 주십니다. 그러니 선생님은 삶의 의미를 정확하게 알고 계실 겁니다. 하지만 저는 그저 양복 기술자에 불과합니다. 그러니 인생에 무슨 큰 의미가 있겠습니까?"

그러자 프랭클이 웃으며 대답했다.

"당신은 양복을 만드는 사명으로 사람들에게 기쁨을 선사합니다. 사람들에게 깨끗하고 멋진 양복을 입는 기쁨을 선사해 주지 않습니까!"

사람은 누구나 세 가지 가치를 만들면서 살고 있다. 그 첫 번째는 창조하는 가치다. 우리는 항상 무언가를 만들어 낸다. 당신이 미소를 지어 누군가가 기뻐했다면 당신은 기쁨을 만든 것이다. 사람들에게 맛있는 음식을 만들어 준다면 그 기쁨 또한 당신이 만든 것이다. 당신이 하는 모든 일과 행동은 이렇듯 항상 창조와 연결되어 있다. 이것이 당신에게 가치가 있다는 증거다.

프랭클에게서 창조의 가치에 대한 강의를 들은 누군가 또 손을 들고 물었다.

"저는 디자이너입니다. 하지만 병에 걸려 손발이 마비되었지요. 그래서 이제는 더 이상 디자인을 할 수 없게 되었습니다. 저는 창조하는 가치를 잃은 겁니다."

프랭클은 그 사람을 보며 진지한 표정으로 대답했다.

"사람에게는 창조하는 가치 외에 체험하는 가치도 있습니다. 당신은 더 이상 디자인을 할 수 없다고 했지요? 하지만 당신에게는 좋은 디자인을 알아보는 눈이 있습니다. 다른 사람의 작품을 보고 평가를 내릴 수 있는 겁니다. 그뿐만이 아니지요. 평소 생활 속에서도 얼마든지 체험하는 가치를 찾을 수 있습니다. 아름다운 그림을 보고 감동할 수 있고 맛있는 음식을 가려낼 수도 있지요. 또 음악을 듣고 전율을 느낄 수도 있습니다."

이것이 바로 두 번째인 체험하는 가치다. 인간은 누구나 사물의 장점을 알아볼 수 있다. 꽃의 아름다움을 알아볼 수 있고 사람들과 대화를 나누면서 함께 어울리는 것이 얼마나 행복한 것인지 느낄 수도 있다. 인간은 체험할 수 있기에 가치 있는 것이다.

세 번째는 태도라는 가치다. 인간은 태도로도 가치를 만들어 낼 수 있다. 다음 일화는 태도가 얼마나 큰 가치를 만드는지 보여 준다.

할머니 한 분이 병원에 입원했다. 이 할머니는 아무것도 할 수 없는 중증 환자였다. 몸가짐도 엉망이고 머리카락도 빗지 않아 흐트러진 채 그저 하루하루를 연명할 뿐이었다. 매일 병실 창밖을 내다보며 무료한 시간을 달래는 것이 유일한 낙이었다.

그러던 어느 화창한 아침, 창밖으로 한 샐러리맨이 맥 빠진 모습으로 걸어가는 모습이 보였다. 할머니는 그 사람을 보며 쯧쯧 혀를 찼다.

'일을 하러 가는 사람이 저런 얼굴로 출근하다니, 너무 불쌍해.'

할머니는 곧바로 간호사에게 화장품을 사다 달라고 부탁하고는 머리카락을 손질한 다음 깨끗한 옷으로 갈아입었다. 그러고는 다음 날부터 매일 아침 휠체어를 타고 병원 밖으로 나갔다. 병원 밖으로 나간 할머니는 얼굴 가득 미소를 띤 채 출근하는 사람들을 향해 반갑게 인사를 건네기 시작했다.

"안녕하세요. 오늘도 즐겁게 잘 다녀오세요."

처음에는 사람들이 할머니를 무시하고 지나가 버렸다. 하지만 매일 같은 장소에 나와 반갑게 인사를 건네자, 서서히 반응이 달라지더니 언제부터인가는 사람들이 먼저 할머니에게 다가가 인사를 건네게 되었다. 할머니에게 말을 거는 사람들의 눈빛이 모두 빛나고 있었다. 그것이 삶의 보람이 되어 할머니는 마지막 순간까지 정말 행복한 표정으로 지냈다.

우리 안에는 창조, 체험, 태도 등 세 가지의 가치를 만들어 낼 힘이 있다. 프랭클은 이 세 가지 가치를 삶의 의미로 본 것이다. 당신도 이 삶의 의미를 믿는가? 그렇다면 당신도 행복해질 수 있다. 나치의 아우슈비츠 수용소에 갇히는 극한 상황에 몰린다면 인간은 삶의 의욕을 잃고 죽어 갈 것이다. 하지만 그런 상황에서도 죽지 않는 사람들은 분명 있다고 프랭클은 말한다.

그들은 하나같이 자신을 위해 기도해 주는 누군가가 있다고 확신했다. 현재 상황은 모든 것을 빼앗긴 채 죽음을 향해 내몰리고 있지만 자신은 절대 고독하지 않다고 여기는 것이다. 가족과 친구를 만나거나 편지도 전화도 할 수 없지만, 먼저 세상을 뜬 가족과 친척들, 나아가 세상의 모든 사람이 자신을 위해 기도해 줄 것이라고 믿기 때문이다.

눈앞에 펼쳐진 세상이 전부가 아니라 눈에 보이지 않는 마음 깊은 곳에서 서로 연결되어 있다고 믿을 때 사람은 절대 삶을 포기하지 않는다. 파동을 주고받으며 서로에게 끊임없이 영향을 끼치기 때문이다.

소원을 이루는 파동

하루에 단 1초만이라도

누군가의 행복을 위해 대우주로부터 받은 기를 보낼 수 있다면

당신은 다른 사람에게

도움을 주는 소중한 존재가 된다.

치유의 시간이 필요한 이유

 생명은 모두 신의 사랑으로 얻은 것이고 그 생명으로 우리 모두는 서로 연결되어 있다. 그렇기에 생명은 우리 안에 존재하는 보물이고, 보물을 지닌 우리는 보물 그 자체인 셈이다.

어느 새장 안에서 녹색과 노란색의 잉꼬 부부 두 마리가 사이좋게 노래를 부르며 살고 있었다.

초봄이 되자 잉꼬 부부는 알을 낳았다. 노란 엄마 잉꼬는 알 위에 앉아 정성스레 부화를 시켰고, 곧이어 두 마리의 하얀 아가 잉꼬가 알을 깨고 나왔다.

잉꼬 부부의 노랫소리에 아가 잉꼬들의 귀여운 노랫소리가 더해지자 새장 안은 활기가 넘쳤다. 얼마 후 아빠 잉꼬는 아가 잉꼬들을 부리로 쪼아 날개를 펼치게 한 다음 나는 방법을 가르치기 시작했다. 아가 잉꼬들은 바닥에서 깡충깡충 뛰듯이 퍼덕이더니 이윽고 홰까지 날아 오르게 되었다. 이제 홰 하나에 잉꼬 부부와 아가 잉꼬

두 마리까지 모두 네 마리가 나란히 앉아 아름다운 노래를 부르기 시작했다.

그러던 어느 날, 갑자기 노랫소리가 멈추더니 아가 잉꼬들이 움직이지 않았다. 무슨 이유 때문인지는 모르지만 두 마리의 아가 잉꼬가 모두 죽은 것이었다. 엄마 잉꼬는 아가 잉꼬들의 죽음이 믿기지 않는 듯 아가 잉꼬들 위에 날개를 펼치고 앉아 다시 한 번 부화를 시키려고 노력했다.

놀란 아빠 잉꼬 역시 새장에 머리를 부딪치는가 하면, 날개가 부러질 정도로 거칠게 새장 안을 날아다니곤 했다. 그러는 동안에도 엄마 잉꼬는 아가 잉꼬들 위에 노란 날개를 펼치고 꼼짝도 하지 않은 채 앉아 있었다. 그렇게 하면 아가 잉꼬들이 다시 살아날 것이라고 생각하는 모양이었다.

그 뒤 한동안 잉꼬 부부는 아무것도 입에 대지 않았다. 물론 노랫소리도 내지 않았다. 시간이 좀 더 지나자, 아빠 잉꼬는 조금씩 안정을 되찾아 먹이를 먹기 시작했다. 하지만 엄마 잉꼬는 여전히 먹이에 관심을 보이지 않았다. 그대로 두면 머잖아 엄마 잉꼬는 굶어 죽을 게 뻔했다.

그런데 어느 날부턴가 아빠 잉꼬가 엄마 잉꼬에게 다가가 부리로 찌르며 엄마 잉꼬를 먹이가 있는 쪽으로 몰았다. 며칠이나 굶은 엄마 잉꼬는 먹이를 보고 한 알을 쪼아 삼키더니 이윽고 다시 먹이를 먹기 시작했다.

이후 아빠 잉꼬는 엄마 잉꼬가 먹이를 먹는 동안 둥지에서 짚을 하나씩 빼내어 엄마 잉꼬가 눈치채지 못하게 아가 잉꼬들의 시체 위에 올려놓았다. 그러다 엄마 잉꼬가 먹이를 다 먹고 나면 하던 일을 멈추고 엄마 잉꼬와 함께 허공을 날거나 홰 위에 앉아 노래를 불렀다. 그렇게 2~3일이 지나자 아가 잉꼬들은 짚에 완전히 덮여 보이지 않았다.

잉꼬를 키우는 주인은 엄마 잉꼬와 아빠 잉꼬가 눈치채지 못하도록 짚 아래의 아가 잉꼬들을 조심스레 꺼냈다. 그 뒤로 부부 잉꼬는 예전처럼 즐겁게 노래를 불렀고, 아가 잉꼬들을 잊은 듯 건강한 모습을 되찾았다.

아가 잉꼬들이 죽었을 때 주인은 곧바로 시체를 꺼내려 했다. 하지만 부부 잉꼬가 거칠게 달려들어 부리로 쪼아 대는 바람에 포기하고 말았다.

아빠 잉꼬는 엄마 잉꼬의 마음이 치유되도록 일종의 상을 치른 것이다. 엄마 잉꼬가 아가 잉꼬들을 잊고 건강해질 수 있도록 아가 잉꼬들을 서서히 감춘 것이다.

한낱 새들조차도 상처 입은 마음이 치유되려면 이렇듯 시간이 필요한 법인데, 하물며 인간은 어떠하겠는가. 상처를 치유하는 데는 시간이 필요하다는 사실을 기억하자. 게다가 마음의 타이밍이나 리듬은 사람마다 제각각이므로 각자의 마음의 리듬에 따라야 할 것이다.

한계를 인정하는 것도
자신에 대한 사랑이다

살다 보면 누구나 많은 고통이 따른다. 처음부터 끝까지 평탄하게만 지내는 사람은 아무도 없다. 사람은 모두 에너지가 만들어 내는 파동에 의해 살고 있다. 에너지의 파동이 내려갈 때는 좋지 않은 일이 생기거나 고통을 겪거나 질병에 걸린다. 하지만 에너지의 파동이 내려가 있을 때의 자신도 역시 자신이며 일이 뜻대로 진행되지 않을 때의 자신도 역시 자신이다. 따라서 있는 그대로를 받아들여 스스로를 사랑하고 아껴야 한다.

우리는 보다 나은 사람이 되려고 끊임없이 스스로를 다그친다. 하지만 그것은 엄밀히 말하면 자신의 이기심을 채우려는 행동일 뿐이다. 주변의 누군가가 병에 걸려 세상을 떠났다고 해 보자. '그때 좀 더 일찍 병원으로 데려갔더라면', '좀 더 따뜻하게 대해 주었더라면' 하면서 자신을 책망하지 않는가. 이것이 바로 이기심이다.

인간은 완벽한 존재가 아니기 때문에 그것이 당시에 할 수 있는 최선의 행동이었다면 더 이상 후회할 필요가 없다. 한계를 인정하고 앞으로 개선하려는 태도를 갖는 게 더 중요하다.

'그때는 그렇게 할 수밖에 없었어. 하지만 이제 어떻게 해야 하는지 알았으니까 앞으로는 실수하지 않을 거야.'

모든 것을 뜻대로 할 수 없는 자신, 한계를 지닌 자신을 있는 그대로 사랑하는 것이 자신에 대한 진정한 사랑이다. 가족처럼 각별한 누군가가 세상을 뜨거나 병에 걸렸을 때 더욱더 명심하자. 자신을 책망하지 말고 스스로의 한계를 받아들여야 한다는 점을.

당신은 대우주로부터 생명을 받은 소중한 존재라는 사실을 잊지 말아야 한다.

기도는 파동이 되어 전달된다

미국에서 주목할 만한 실험을 한 적이 있다. 심장병 전문 병원에서 심장 질환을 앓고 있는 400여 명의 환자를 대상으로 질병의 정도를 따져 공평하게 A와 B 두 그룹으로 나누었다. 그런 뒤 몇 군데 교회에 A그룹의 명단을 전하고 그들을 위해 기도해 줄 것을 부탁했다. A그룹 환자들에게는 사람들이 그들을 위해 매일 기도하고 있다는 사실을 알려 주었다. 한편, B그룹 환자들에게는 아무것도 하지 않고 평소처럼 지내게 했다.

10개월 뒤, 교회에서 매일 기도를 올린 A그룹의 환자들은 그동안 사망한 사람이 없는 것은 물론이고 단 한 사람도 발작을 일으키지 않았다는 놀라운 결과가 나왔다. 더욱이 시간이 흐를수록 상태가 좋아지고 있었다. 반면 B그룹의 환자들은 12명이 발작을 일으켰고 그중 8명은 이미 세상을 뜬 상태였다. 또한 60%에 이르는 환자들의 상태가 더욱 악화되어 있었다.

이것은 실험을 통해 분명한 데이터로 밝혀진 사실이다. 모르는 사람과 스칠 때 문득 기를 느끼거나 모임에서 화기애애했던 분위기가 갑자기 침울하게 가라앉은 적은 없는가? 말을 전혀 하지 않더라도 기는 이동한다. 좋은 기든 나쁜 기든 기는 파동에 의해 전달된다. 그래서 간절한 소원을 담아 기도를 하면 실제로 그 기도가 파동이 되어 기도의 대상에게 전달되는 것이다.

하루에 단 1초만이라도 누군가의 행복을 위해 대우주로부터 받은 기를 보낼 수 있다면 그것만으로도 당신은 다른 사람에게 도움을 주는 소중한 존재라고 할 수 있다. 대우주는 항상 그런 당신을 응원한다.

Message 17

누구에게나 하나의
보석이 있다

누구나 내면에는 반짝이는 보석이 있다.

당신이 상대방의 보석에 눈길을 주면

이내 그 사람의 내부에서 빛이 흘러넘친다.

시기, 질투, 비교 등으로 단단하게 둘러싸인 벽을 뚫고

당신의 눈길이 통로를 만드는 것이다.

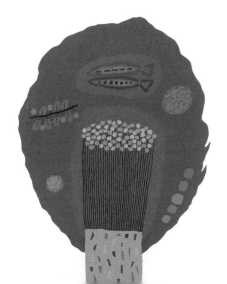

소중한 보물

인생은 대우주의 파동을 타고 마치 파도처럼 움직인다. 살다 보면 기분이 좋을 때도 있고 왠지 모르게 기력이 떨어지면서 우울할 때도 있듯 파동은 작은 굴곡을 만들며 위를 향해 꾸준히 올라간다. 중요한 것은 무슨 일이 있든 스스로 행복하다고 느끼면 그 파동을 타고 더욱 행복해질 수 있다는 사실이다.

D양은 선천적으로 다운 증후군이었다. 30년도 더 전의 일이라서 그때만 해도 D양의 어머니는 다운 증후군에 걸린 아이를 본 적도, 그에 관한 이야기를 들은 적도 없었다. 아기가 태어났는데 간호사가 아기를 바로 데려오지 않았다. 얼마 후 아기를 데려온 간호사는 침대 주위에 커튼부터 쳤다. 어머니는 병실에서 누군가의 침대 주위에 커튼을 치는 모습을 한 번도 본 적이 없었다. 이상하다는 생각이 들었지만 크게 신경 쓰지는 않았다.

아기는 묘한 느낌을 주었다. 젖을 먹을 기력도 없고 울음소리도 내지 않았다. 잠시 뒤 간호사가 들어오더니 조용히 아기를 데리고 다시 나갔다. 커튼은 그대로 쳐 둔 상태였다. 그제야 어머니는 그것이 혼자 마음껏 울 수 있도록 한 간호사의 배려였다는 사실을 깨달았다. 하지만 울고 싶어도 눈물이 나오지 않았다. 무슨 일이 일어난 것인지 현실을 정확하게 파악할 수 없었다. 마음속으로 그 아이는 자신의 아기가 아니라고 부정하고만 있었다.

오래 지나지 않아 남편과 의사를 통해 아이가 다운 증후군이라는 장애를 가지고 태어났다는 사실을 알게 됐다. 다운 증후군은 유전이 아니라 염색체의 조합에 이상이 있어서 발생하는 것이라는 설명도 들었다. 심장에 결함까지 있어 1년을 버티기가 어렵다고도 했다. 설명을 모두 마친 뒤 의사는 이렇게 덧붙였다.

"이 아이는 댁의 보물입니다."

어머니는 의사에게 이 아이가 보물이라니 무슨 헛소리냐고 반박하고 싶었다. 평범한 아이였다면 당연히 보물이겠지만 이 아이가 어떻게 보물이란 말인가.

집으로 돌아온 어머니는 젖도 먹지 못하는 아이를 어떻게든 하루라도 더 살리기 위해 최선을 다했다. 아이에게서 한시도 눈을 뗄 수 없었기 때문에 있는 힘을 모두 쏟아 부어야 했다. 친척들은 아이를 집에서 키우기 어려우니 시설에 맡기는 게 어떠냐고 제안했다. 하지만 어머니는 어미 새가 어린 새를 보호하듯 아기를 끌어안고 '이 아이는 내 아이야. 절대로 다른 사람에게 맡길 수 없어. 내가 키울 거야' 하고 되뇌었다. 마음속은 고통과 원망으로 가득 차 있었지만 자신도 모르게 모성애가 샘솟고 있었던 것이다.

그때 불현듯 가슴을 울린 말이 떠올랐다. 예전에 의사가 한 말이었다.

"이 아이는 댁의 보물입니다."

의사는 또 이런 말도 했다.

"이 아이는 오래 살기 어려우니 사랑을 듬뿍 주십시오."

1년이 지났을 때 어머니는 1년 살기도 힘들다던 아이가 엄마의 보살핌으로 1년을 버틴 것은 반대로 엄마 없이는 단 하루도 살 수 없다는 사실의 반증임을 깨달았다. 그것은 어머니인 자신에게 가장 큰 삶의 보람이기도 했다.

부모는 D양을 정말 집안의 보물로 여기고 소중히 키웠다. 꽤 큰 사업을 하고 있던 아버지는 장애인을 고용하는 공장을 짓기도 했다. 어른으로 성장한 D양은 간호 학교를 졸업한 뒤 아버지 공장에서 다른 장애인들과 함께 일하고 있다.

내가 만났던 D양은 아이처럼 순수한 사람이었다. 그녀는 주위 사람들로 하여금 자기도 모르게 다가가고 싶은 분위기를 자아낸다. 그리고 왠지 모르게 손을 한 번 잡아 보고 싶게 만드는 사람이다.

몇 년 전, 미국의 크루즈 여행에서 세미나를 진행한 적이 있었다. 호화 여객선인 크루즈를 타고 밤에 항해를 하여 아침에 관광지에 도착하면, 하루 종일 관광을 하고 저녁에 선상에서 세미나를 여는 여행이었다. D양의 부모도 딸에게 아름다운 곳을 구경시켜 주고 싶어 그 여행에 나와 함께 동행했다.

크루즈 여객선이 스톡홀름에 정박하고 여행객들은 시내로 나가 정해진 레스토랑에서 점심 식사를 하게 되었다. 레스토랑으로 들어가 자리를 잡고 막 앉으려던 때였다. 맞은편에 어느 중년 부부가 앉는 것을 보고는 D양이 쪼르르 그리로 달려갔다. 부인은 대학에서 프랑스어를 가르치는 교수였고 남편은 사회적으로 알려진 사람이었다.

D양은 부부 사이에 자리를 잡고 앉더니 당황해하는 부인의 뺨에 자신의 뺨을 대고 잠시 눈을 감고 있었다. 그러더니 이번에는 부인의 남편을 끌어안고 역시 뺨에 뺨을 대고 잠시 말없이 눈을 감고 있었다.

음식이 나오자 D양은 일행의 테이블로 돌아왔다. 나는 D양의 이상한 행동을 말없이 지켜보고만 있었다. 그런데 그때 갑자기 그 부인이 자리에서 일어나더니 밖으로 나가 바닷가 쪽으로 달려가기 시작했다. 그 뒤를 남편도 따라갔다. 둘의 모습은 이내 어디론가 사라져 버렸다.

그날 저녁 세미나를 마친 뒤 그 부인이 나를 찾아와 놀라운 이야기를 들려주었다.

"저희 부부는 결혼해서 아이도 두었지만 결혼 생활 내내 서로 마음이 맞지 않았어요. 그래서 마지막으로 대화를 나눠 보자는 심정으로 이 크루즈 여행을 하게 되었답니다. 그러니까 이 여행이 저희 부부의 마지막 노력인 셈이죠. 배에 올라탄 후, 저희는 매일 많은 대화를 나누었고 가능하면 서로를 용서하고 화해하고자 노력했어요. 하지만 대화를 하면 할수록 각자의 주장은 더 강해지고 상황은 악화될 뿐이었어요. 결국 어젯밤에는 더 이상 이렇게 살 수 없으니 갈라서자고 결론을 내렸지요."

나는 말없이 부인의 이야기에 귀를 기울였다.

"그런데 오늘 점심을 먹으러 갔던 레스토랑에서 D양이 제게로 와 저를 끌어안았어요. 순간 이렇게 이기적인 나를 용서해 주는 사람도 있구나 하는 생각이 들었어요. D양은 나를 인정해 주고 용서해 주고 받아들여 준 거예요. D양의 뺨에서 따뜻한 온기가 전달되어 제 몸 안으로 퍼져 나가는 동안 차갑게 얼어 있던 제 마음이 녹

아내리기 시작했지요. D양이 남편에게 다가가 그를 안아 주었을 때, 남편도 용서받았다는 사실을 알 수 있었어요. 제가 용서할 수 없던 남편을 거대한 우주는 용서해 주었다는 것을 말이에요. D양이 저희에게 그런 마음을 전해 준 거예요."

래스토랑에서 있었던 D양의 이상한 행동이 비로소 이해되었다.

"저는 참을 수가 없었어요. 그래서 해변으로 달려 나가 저의 냉정함과 이기심, 완고함을 모두 날려 버릴 만큼 울었지요. 그러자 어느새 남편이 따라와 잠자코 제 옆에 앉더군요. 남편의 눈에서도 눈물이 흘러내렸어요. 울음을 그친 뒤 저희는 약속이나 한 것처럼 누가 먼저랄 것도 없이 서로에게 '내가 잘못했어'라고 말했답니다. 그리고 결혼을 결심했을 때처럼 서로의 장점을 인정하며 살자고 말했어요. 그러고 나니 놀랍게도 남편의 장점이 다시 보였어요. 우리는 서로 두 손을 꼭 잡았지요. D양이 서로 원망하고 미워하는 저희의 관계를 어떻게 알게 되었는지는 모르겠어요. 그저 저희에게 달려와 진심으로 저희를 화해시켜 준 게 고마울 뿐이에요."

이야기를 마친 부인의 얼굴은 편안하고 행복해 보였다.

다음 날, 배 안을 걷고 있는데 금발의 아름다운 부인이 잔뜩 화가 난 표정으로 여객선 사무실 문을 세차게 두드리고 있었다.

"이런 배에 컴퓨터를 왜 설치했지요? 컴퓨터 따위는 바다에 던져

버려요!"

여행을 즐기려고 타는 배에 컴퓨터를 설치해 마음 놓고 쉴 수 있
는 분위기를 깨느냐고 항의하는 것이었다. 부인은 귀부인처럼 세련
되고 우아한 옷을 입고 있었지만 마음속은 증오와 분노, 부정적인
감정으로 가득 차 보였다. 마음에 들지 않는 것을 볼 때마다 자신의
내부에 쌓여 있는 불만을 폭발시키는 듯싶었다.

며칠 후 여행 일정이 끝나 하선할 때가 다가왔다. 나는 D양의 휠
체어를 밀면서 배에서 내리고 있었다. 그런데 배 아래에 근사한 롤
스로이스 한 대가 서 있고, 그 옆에는 금발의 그 부인이 서 있었다.
누군가를 기다리는 것 같았다. 사무실 문을 두드릴 때와는 전혀 다
른, 기품이 넘치고 우아한 분위기였다.

멀리서 D양을 발견한 부인이 반가운 얼굴로 다가왔다. 그러고는
바닥에 무릎을 꿇더니 휠체어에 앉아 있는 D양의 뺨에 다정하게
키스를 했다.

"고마워요, 잘 가요."

부인은 작별 인사를 하고도 한참이나 D양을 끌어안고 있다가 롤
스로이스 안으로 들어갔다. 곁에 서 있던 D양의 부모와 나는 어리
둥절한 표정만 짓고 있었다.

"두 사람이 어떤 관계야?"

D양의 아버지가 묻자 어머니가 웃으며 말했다.

"모르지요. 우리 아이는 미스터리가 많으니까요."

D양은 전혀 예상하지 못한 장소에서 많은 친구를 만든다. 그 부인도 틀림없이 어디선가 D양을 만나 마음의 상처를 치유받았을 것이다. 그래서 헤어지기 전에 고마운 마음을 전하려고 D양을 기다렸으리라.

불교에서는 사람마다 내면에 불성이 있다고 한다. 어떤 사람이든 내면세계에 부처가 존재한다는 의미다. 인간은 신의 생명을 받은 존재라서 신의 생명이 사람들 각자에게 깃들어 있다는 말과 상통한다. 생명은 모든 사람의 내면세계에서 아름답게 빛나는 보석이자 빛이다. 그리고 그것은 인간의 본질이다.

인간은 그 아름다운 보석을 빛내면서 태어난다. 그러나 성장하면서 자신을 보호하기 위해 주위에 바위 같은 벽을 만든다. 다른 사람의 시선을 두려워하고, 스스로를 책망하며, 완벽함을 추구하다 보면 벽은 더욱 단단해질 수밖에 없다. 그 벽 안에는 빛이 존재하지만 단단하고 두꺼운 벽 때문에 밖으로 새어 나오지 못한다.

그렇다면 사람 안에 존재하는 빛을 이끌어 낼 방법은 없을까? 당연히 있다. 자신이 대하는 사람들의 장점을 보는 것이다. 개개인의 장점이 곧 각자의 보석이기 때문이다. 상대방의 내면세계에 있는 보석에 눈길을 주면 내부에서 빛이 흘러나온다. 당신의 눈길이 보석을 둘러싸고 있는 단단한 벽을 뚫고 통로를 만들면 상대방의 내부에서 아름다운 빛이 흘러나오는 것이다.

그런데 D양에게서는 처음부터 그런 단단한 벽을 찾아볼 수가 없었다. D양은 어린아이의 순수함, 그 자체였고, 이런 점이 아마도 무수한 사람들에게 감동을 주었으리라.

3

아무도 나를
모르는 곳으로
숨고 싶을 때

마음 편한 것이
제일이야

스스로에게 지나치게 완고하거나 자신을 몰아세우면

진정한 자기 모습으로 살아갈 수 없다.

진정한 자기 모습으로 사는 것은 마음의 안정에서부터 시작된다.

새를 바라보는 사람

 한 어머니가 다림질을 하고 있는데, 다섯 살 된 딸아이가 다가와 물었다.

"엄마는 이다음에 뭐가 되고 싶어?"

"엄마가 되고 싶지."

어머니는 별 생각 없이 가볍게 대답했다.

그러자 아이는 고개를 저으면서 다시 물었다.

"엄마는 벌써 엄마잖아. 그거 말고 뭐가 되고 싶으냐니까?"

"흐음, 그럼 선생님이 되고 싶어."

딸의 성화에 다시 대답하긴 했지만, 사실 어머니의 직업은 선생님이었다.

"엄마는 벌써 선생님이잖아. 그거 말고, 이다음에 진짜 되고 싶은 거 없어?"

"……."

아이가 워낙 끈질기게 물어보자 어머니는 어떻게 대답해야 좋을지 몰라 말문이 막혀 버렸다.

아이는 실망스런 표정을 지으며 할머니에게 달려갔다. 할머니는 여든 살이 넘은 고령이었다. 그런데도 아이는 할머니에게 아까와 똑같은 질문을 던졌다.

"할머니, 할머니는 이다음에 뭐가 되고 싶어요?"

"글쎄다. 편하게 죽고 싶구나."

"죽으면 이 세상에 있는 게 아니잖아요. 그 전에는 뭐가 되고 싶은데요?"

"다른 사람에게 친절한 사람이 되면 좋겠구나."

아이는 비로소 만족한 표정을 지었다. 그러더니 이번에는 할아버지에게 달려갔다.

"할아버지, 할아버지는 뭐가 되고 싶어요?"

"음…… 새들을 바라보는 사람이 되고 싶구나."

"새를 바라보는 게 뭐예요?"

"베란다에 앉아 새들이 우리 집 정원에서 즐겁게 노는 모습을 바라보는 거야. 그리고 새들이 마음 놓고 놀 수 있도록 먹이도 주고……. 그런 사람이 되고 싶구나."

그러자 아이는 환한 미소를 지으며 말했다.

"할아버지는 분명 그렇게 될 수 있어요. 틀림없이 그런 사람이 될 거예요. 새들이 할아버지 옆에 와서 먹이를 먹을 거예요."

할아버지 역시 나이가 많았기 때문에 몸도 제대로 움직일 수 없었다. 손녀에게 말은 그렇게 했지만 마음속으로는 새들과 함께 지낼 수 있는 시간은 없을 거라고 생각했다. 그런데 어린 손녀가 "할아버지는 그렇게 될 수 있어요"라고 말하자 정말로 그럴 수 있을 것 같다는 자신감이 생겼다.

할아버지는 다음 날부터 가족에게 자신을 휠체어에 태워서 베란다에 데려다 달라고 부탁했다. 관절염 때문에 팔다리를 자유롭게 움직일 수는 없었지만 온 힘을 다해 주위에 새 모이를 뿌리기 시작했다. 물론 멀리까지 뿌릴 수는 없었다.

처음에는 새들이 할아버지 곁으로 다가오지 않았다. 그러나 매일 그런 행동이 반복되자 새들이 한 마리, 두 마리 모여들기 시작했다. 이윽고 새들은 할아버지 발치에서 아무런 두려움도 없이 먹이를 먹게 되었다.

아이의 어머니는 그 과정을 지켜보고는 감동을 받았다.

'나는 딸아이가 뭐가 되고 싶으냐고 물을 때 얼른 대답할 수 없었어. 그래, 그 질문에 대답을 할 수 있느냐, 없느냐에 따라 인생이 바뀌는 거야.'

어머니도 자신이 무엇이 되고 싶은지 진지하게 생각해 보았다.

자신과 남을 사랑하고 삶을 즐기면서 만나는 이들과 진심을 터놓을 수 있는 사람이 되고 싶었다. 그러자 당장 할 수 있는 일들이 셀 수 없을 만큼 많이 떠올랐다. 그리고 그런 바람을 실행에 옮기고 싶다는 의욕도 함께 생기기 시작했다.

나로 살아간다는 기적

얼마 전 암 환자를 상담하기 위해 어느 지방에 있는 병원을 찾아갔다. 40대의 여자 환자분은 나를 정중하게 맞아 주었다. 말투도 얌전하고 고상했다. 이야기를 들어 보니 그 지방의 명문가로 시집을 온 분이었다. 친정에서 매우 엄격한 교육을 받고 자라 그에 어울리는 명문가로 시집을 온 것이었다.

그분은 지금까지 자신이 어떻게 살아왔는지 솔직하게 이야기해 주었다. 무엇보다 체면을 중요하게 생각하고 이웃으로부터 손가락질을 당하지 않기 위해 노력하는 등 주위 사람들에게 올바르고 좋은 사람이라는 인상을 심어 주는 것이 모든 행동의 기준이었다고 한다.

그분의 이야기를 듣자니 병에 걸린 것도 무리가 아니란 생각이 들었다. 지나치게 다른 사람의 눈을 의식해 살다 보면 진정한 자아를 질식시키게 된다. 진정한 자아의 욕구에 귀 기울이지 않고 관습과 체면에만 맞추는 가식적인 삶은 스스로를 위축시킬 뿐이다.

그분은 이미 병원에서 더 이상 손을 쓸 수 없는 상태였다. 수술은 무사히 마쳤지만 이후 방사선 치료가 몸에 맞지 않아 백혈구가 줄어들고 있었다. 한계에 다다른 병 앞에서 의사는 냉정했다.

"더 이상 인간이 치료할 수 있는 단계가 아닙니다. 이제는 신과 환자분에게 달려 있습니다. 다른 사람이 끼어들어 치료할 수 없다는 얘기입니다."

한마디로 치료가 불가능하다는 의미였다. 그분은 그렇다면 자기가 신과 담판을 지어 질병을 스스로 치료하겠다며 이를 악물었다.

"저는 지금까지 집안의 관습을 지키기 위해, 명예에 먹칠하지 않기 위해 저 자신을 억누르며 살아왔어요. 그런데 신은 왜 제게 이런 고통을 주신 걸까요? 이런데도 신이 사랑이라고 말할 수 있을까요? 저는 그런 말은 더 이상 믿고 싶지 않아요."

인간은 누구나 고통스러운 상황에 놓이면 원망이 몰려온다. 그래서 나는 잠자코 그분의 이야기를 들어 주었다.

"죽어야 할 운명이라면 어쩔 수 없지요. 하지만 중학교에 다니는 둘째 아이를 남겨 두고 죽을 수는 없어요. 고등학생인 첫째 아이는 분별력도 있고 야무져서 크게 걱정하지 않지만, 둘째 아이는 아직 부족한 것이 많거든요. 그래서 그 아이가 혼자 설 수 있을 때까지는 어떻게든 살고 싶어요. 그 아이와 헤어져 있는 동안에도 정말 가슴이 찢어지는 고통을 느꼈지요."

"가슴이 찢어지는 고통을 느낀 이유가 무얼까요?"

나는 조심스럽게 물었다.

"그 아이는 제 목숨과 바꾸어도 좋을 만큼 소중해요. 저는 그 아이를 위해서라면 무엇이든 할 수 있지요. 아주 많이 사랑하는 제 아이니까요."

"신은 당신이 자식을 사랑하는 것보다 수백 배 이상 당신을 사랑하고 계십니다."

그날 그렇게 그분과의 짧지 않은 대화를 마무리하고 집으로 돌아왔다. 그런데 며칠 뒤 그분에게서 전화가 걸려 왔다.

"이렇게 온전하게 자식을 사랑하는 마음을 가질 수 있다는 것이 어쩌면 신이라는 분이 계시기 때문인지도 모르겠어요. 저는 솔직히 아직도 잘 모르겠지만 이제 신이 저를 사랑하신다는 말씀은 믿을 수 있을 것 같아요. 만약 제게 시간이 좀 더 주어진다면, 의사도 포기한 이 병이 나을 수 있다면, 남은 인생은 정말 저답게 살면서 고통받는 사람들에게 즐거움을 주고 싶어요. 지금 이 고통도 누군가에게 도움을 주기 위해 제게 주어진 사명 같아요."

이야기를 듣고 나니 그분이 틀림없이 나을 것이란 확신이 들었다.

행복은 손에 쥐고 있는 동안에는
항상 작아 보이지만,
막상 놓치고 나면 그것이 얼마나 크고
귀중한지 깨닫게 된다.

고리키

다음 날 다시 그분에게서 전화가 왔다. 전날 나와 통화한 뒤 의사가 한 번 더 검사해 보자고 했다는 것이다. 그리고 검사 결과, 백혈구 수치가 안정되었다고 했다.

"어떻게 이런 일이 있을 수 있는지 믿을 수 없군요."

의사는 도저히 믿기지 않는 듯 설레설레 고개를 저었다고 한다.

마음이 안정되면 비전이 생긴다

진정한 자신으로 살아가는 것이 이 세상에 태어난 자의 사명이다. 행복은 자기 안에 존재하는 진정한 자신으로 살아갈 때 주어진다. 물론 그것은 마음 가는 대로 제멋대로 살아간다는 의미가 아니다. 마음 깊은 곳에 귀를 기울이고 다음과 같은 질문을 해 보자.

- 이다음에 뭐가 되고 싶지?
- 몇 년 뒤에는 어떻게 살고 싶은데?
- 그러려면 지금 어떻게 살아야 할까?

그리고 질문에 대답도 해 보자. 그 대답대로 살려고 노력하면 인생이 풍요로워질 것이다.

지나치게 완고하거나 자신을 몰아세우면 스스로를 궁지에 빠뜨려 진정한 자신의 모습으로 살 수 없게 된다. 진정한 자신의 모습으로 살아간다는 것은 마음의 안정에서 시작된다. 요즘 세상은 긴장의 연속이다. 여러 가지 사건이 끊임없이 일어나고 할 일도 산더미처럼 쌓여 있다. 그러다 병이라도 걸리면 많은 문제가 따라온다. 그러나 어떤 상황에서든 행복하게 살 수 있다. 자신을 안정시키는 방법을 찾으면 된다.

어떤 사람이 되고 싶은지 확실하고 분명한 생각을 갖도록 하자. 마음이 안정되면 감정과 에너지도 그쪽으로 향한다. 그리고 스스로 자연스럽게 비전을 그릴 수 있게 된다.

뜻대로 이루어지는
인생은 재미없지

나이가 들어 인생을 뒤돌아봤을 때 과연 최고의 인생은 무엇일까?

사회적으로 성공하는 것? 부귀와 명예를 얻는 것?

누군가는 말한다.

즐거운 마음으로 매일을 사는 것이라고.

뜻대로 되지 않아 더
아름다운 것

나이가 든다는 것은 하루하루 영원한 고향으로 떠나기 위해 시간을 보내는 것과 같다. 그렇다면 이 세상에서 주어진 시간들을 어떻게 보내면 좋을까? 그런데 자신에게 주어진 사명을 확실히 알지 못한다면 대체 무얼 하면서 어떻게 살아야 훌륭한 삶을 보내는 것일까?

호이벨스 신부는 어렵고 힘든 일 앞에서 솔선수범하여 존경받는 분이었다. 키가 크고 깨끗한 인상을 풍기는 독일인으로 국적과 문화의 차이를 따지지 않고 모든 사람을 평등하게 대했다. 대학 교수로도 활동한 신부는 유능한 학자도 많이 길러 냈다.

그런데 애석하게도 나이가 들어 신부는 치매에 걸리고 말았다. 치매에 걸린 신부는 방금 식사한 것을 잊고 또다시 식당에 모습을 드러내기 일쑤였다. 그때마다 사람들은 "신부님, 조금 전에 식사하셨는데요"라고 조심스레 말을 건넸다. 그러면 신부는 "아, 그렇습니까?" 하고는 겸연쩍게 웃으며 두말없이 발길을 돌렸다.

보통은 그런 사람들의 반응에 불쾌할 수도 있을 텐데 호이벨스 신부는 한 번도 불쾌한 표정을 짓지 않았다. 그 모습을 본 사람들은 오랜 세월의 수련이 치매에 걸린 이후에도 영향을 미치는 모양이라며 감탄했다.

두뇌가 명석하고 훌륭한 철학자로 살아온 호이벨스 신부가 노년에 치매에 걸린 것은 정말 얄궂은 운명이 아닐 수 없다. 사람들이 신부에게 걸었던 기대와는 전혀 다른 결과였기 때문에 더욱 안타까웠을지도 모른다.

우리는 모든 일이 자신의 뜻대로 이루어지는 것이 행복이라고 생각한다. 하지만 호이벨스 신부 같은 사람을 만나면, 세상은 정말 뜻대로 되는 게 아니라는 사실, 그렇기 때문에 아름다운 빛 또한 존재한다는 사실을 실감할 수 있다.

질병에 걸리면 평소에 보이지 않던 것들이 보인다. 아무것도 할 수 없는 상황에 놓이면 사람들의 고마움을 깨닫게 되고, 무언가를 잃으면 그것의 소중함을 새삼 느낄 수 있게 된다.

무소유는 신의 은혜다

 당신은 자기도 모르는 사이에 다른 사람에게 도움을 주고 있을지도 모른다. 이 세상에서의 최고의 인생은 무엇이라고 생각하는가? 호이벨스 신부가 노년에 쓴 〈최고의 인생〉이라는 시의 한 구절을 살펴보자.

이 세상 최고의 인생은 무엇인가?
즐거운 마음으로 나이를 먹고
일하고 싶지만 무리하지 않고
말하고 싶지만 말을 아끼고
실망스러울 때도 희망을 품고
순수한 마음으로 평온하게
자신의 십자가를 짊어지는 것이다

고령으로 접어든 신부의 마음이 잘 드러나 있다.

나의 지인은 나이가 들어 가며 이런 말을 하기도 했다.

"어제까지는 손가락을 여기까지 펼 수 있었어요. 하지만 오늘은 여기까지밖에 펼 수 없어요. 내일은 더 줄어들겠지요. 이렇게 매일 조금씩 제가 가지고 있는 것들을 무소유의 상태로 되돌려 놓고 있는 중이랍니다."

어쩌면 나이가 든다는 것은 당연하다고 생각했던 것들을 매일 조금씩 원래의 상태로 되돌려 놓는 것인지도 모른다. 이 이야기가 '먼 미래'의 일처럼 들릴 수도 있다. 하지만 병에 걸리거나 고통을 느낄 때, 또는 일이 뜻대로 풀리지 않거나 왠지 모르게 우울해질 때는 이 말을 떠올려 보자.

'나이가 들면 모든 일이 뜻대로 풀려 나가지 않는 것 같지만, 그것 역시 신의 은혜다.'

나이가 들면 마음은 젊어도 몸이 예전과는 다르다는 걸 느낄 수밖에 없다. 그러니 몸과 마음이 건강하고 젊을 때 이 말을 마음 깊이 새겨 두자.

이 세상에서 사는 것은 길어야 100년에 지나지 않는다. 그동안에라도 모든 욕심을 버리고 현재의 삶에 충실하자.

최고의 인생이라고 하면 흔히 무언가 커다란 공적을 세우거나 명예로운 일을 하는 것, 모든 사람에게 인정받고 칭송받는 그런 삶을 떠올리기 쉽다. 물론 그런 일들도 세상을 살아가는 데 있어서 아주 중요하다. 또한 그런 역할을 짊어지고 이 세상에 태어난 사람도 있기 마련이다.

하지만 우리에게는 각자 나름대로의 역할이 주어져 있다. 누구에게나 인정받는 일을 해야 하는 역할도 있고, 보이지 않는 곳에서 묵묵히 주어진 일을 해야 하는 역할도 있으며, 관객이 몰려 있는 씨름판에서 힘겨루기를 해야 하는 역할도 있다. 커다란 직소 퍼즐을 완성하려면 작은 조각들이 필요한 것과 같은 이치다.

하나하나의 조각만 놓고 본다면 크기, 모양, 색깔이 모두 다를 뿐만 아니라 특별한 의미도 없는 것처럼 보인다. 하지만 그 조각 가운데에서 어느 한 가지라도 빠지면 아름다운 그림은 결코 완성되지 않는다.

이 세상에 살고 있는 우리는 각자 직소 퍼즐의 조각과 같다. 개개인이 최선을 다하여 삶을 살아갈 때 세상은 비로소 아름다운 그림으로 완성된다. 자신의 역할에 최선을 다하면서 함께 협력하여 만들어 내는 하나의 거대한 사건, 풍경, 그리고 최고의 인생이 이루어지는 것이다.

나이 먹는 즐거움

당신이 최고의 인생을 살려고 노력하는 것은 자신에게는 물론 이 세상에도 큰 공헌을 하는 것이다. 그렇다면 최고의 인생이란 과연 어떤 것일까? 무엇을 하면 마음이 충족되고 삶의 보람을 느낄 수 있을까?

가장 먼저 즐거운 마음으로 나이 들기를 권한다. 아무것도 하지 않아도 좋다. 평생 즐거운 마음으로 지낼 수 있다면 성공한 인생, 인류에게 크게 공헌한 인생이라 할 수 있다.

하지만 즐거운 마음으로 사는 것은 말처럼 쉽지 않다. 살다 보면 자연스럽게 스트레스가 생기기 때문이다. 스트레스가 생기면 몸이 긴장하고 굳어진다. 그럴 때는 뇌파가 안정되어 즐거운 느낌이 들었던 마음과 몸의 감각을 기억하자.

살면서 왠지 모르게 편안하고 행복한 기분이 들 때도 분명 있다. 생활에서 느끼는 즐거운 감각을 잘 기억해 두었다가 스트레스가 생길 때 마음을 그 상태로 가져가는 것이다. 그리고 그 감각이 오랫동안 남아 있도록 노력하자. 이것이 바로 스트레스를 물리치고 최고의 인생을 만들어 내는 방법이다.

고민이 생기면 당연한 현상으로 받아들이자. 단, 그 고민을 반드시 기분 좋은 일, 즐거운 시간과 연결시키려고 노력해야 한다. 혼란스러운 상황에 놓여 있거나 슬프고 화가 나며 침울한 상태라도 머릿속으로 기분을 조정하고 다스릴 수 있다.

우리에게는 머리와 마음과 몸이 있다. 이 세 가지를 조화시키는 것이 바로 영혼이다. 어떤 상황이 발생하면 우리 내부에 존재하는 아름다운 영혼의 빛이 지혜와 힘을 준다. 최고의 인생을 산다는 것은, 행동이든 사고든 감정이든 영혼의 빛을 반영하여 밝게 빛내는 것이다. 그럴 때 주위 사람들은 당신과 함께 있는 것만으로도 행복을 느끼고, 당신은 행복의 발신지가 된다.

단 1 밀리미터만이라도
괜찮아

세상에는 나와 다른 다양한 사람이 있다는 것을 인정하자.

나의 방식에 맞추기보다는 나를 넓혀서 그들을 받아들이자.

아주 조금만이라도 좋다.

그것이 씨앗이 되어 열매를 맺고 다시 나에게 돌아올 것이다.

서로의 관점을 인정하자

 자신의 마음을 사랑으로 채우고 다른 이들에게 사랑을 베풀며 무언가 도움이 되기 위해서는 스스로를 끊임없이 단련시켜야 한다.

단련에는 상당한 고통이 따르기 마련이다. 때로는 자신의 뜻에 맞지 않는 일도 해야 하기 때문이다. 그래서 뜻대로 이루어지는 일은 애초에 없다는 것을 전제로 삼아야 한다.

뜻대로 되지 않는 일 가운데 특히 힘든 것이 혈연관계, 즉 부모와 자식의 관계다. 부모와 자식 사이를 원만하게 이루어 나가는 것이 가장 큰 단련이며, 그만큼 보람도 크다. 살면서 부모와 자식 사이에 여러 가지 충돌이 있는 것은 당연하다. 그럴 때는 어려움을 인정하고 받아들이자. 자신의 마음을 1밀리미터 넓히면 개인과 가족을 넘어 사회에까지 좋은 영향을 끼치게 된다.

사람은 대개 사물을 볼 때 자신의 시각으로만 바라보려고 한다. 예를 들어 새집으로 이사를 했다고 하자. 자신의 집에서 역까지 가는 길이 설사 열 가지가 있다 해도 열이면 아홉은 그중 한 길로만 다니려고 한다. 이처럼 우리는 무언가 정해 놓기를 좋아하고 거기에 얽매인다.

어느 교회에서 젊은 남자가 기도를 드리고 있었다. 1000명 정도가 들어갈 만큼 큰 교회였지만 그날은 평일 오후라 교회 안에는 사람이 거의 없었다. 그런데 잠시 후 누군가 지팡이로 젊은 남자를 툭툭 건드렸다. 기도를 멈추고 눈을 떠 보니 웬 할아버지 한 분이 지팡이를 들고 비키라며 손짓을 하고 있었다.

"여긴 내 자리야. 그러니까 다른 자리로 가서 기도해."

젊은 남자는 텅 빈 주위를 둘러보며 말했다.

"비어 있는 자리가 이렇게 많은데, 왜 굳이 이 자리에 앉으려고 하십니까?"

"여긴 내 자리라니까. 나는 항상 이 자리에서 기도했다고!"

이 이야기는 우리의 좁은 견해를 보여 주기에 충분하다. 정도의 차이는 있지만 인간은 자기 자리를 정해 놓으면 거기에 집착한다. 그리고 자신의 생각이 가장 옳다고 생각한다. 그러나 인간은 모두 제각각 다른 견해를 가질 수 있다. 아무리 가족이라도, 부모와 자식 사이라도 서로 다른 견해를 가지는 것이다.

새로운 인간학인 에니어그램에서는 인간의 가치관을 아홉 가지로 나눈다. 사람들은 각자 다른 바탕을 기준으로 생각하고 행동하기 때문에 자신의 생각대로 다른 사람을 움직이거나 바로잡는 것은 무리라는 것이다. 인간은 그 아홉 가지 가치관 중에서 어느 한 가지만을 바탕으로 살아가는 힘을 얻으며, 그 힘에 의지해 일생을 살아간다고 한다.

영역 구분은 의미가 없다

오래전에 몽골에 간 적이 있다. 아침 일찍 해가 떠 밤 늦게까지 밝은 그곳이 나에게는 무척이나 생소했다.

또 평원은 아무것도 없는, 그야말로 끝없이 펼쳐진 초원이었다. 초원 곳곳에는 사람들이 거주하는 파오라는 텐트가 있는데, 그 안에는 간이침대 하나만 놓여 있었다.

어느 날 파오 안의 간이침대에 누워 쉬고 있었다. 그런데 갑자기 머리 위에서 거친 숨소리가 들려왔다. 흠칫 놀라 눈을 떠 보니 커다란 말 한 마리가 내 얼굴 바로 옆에서 숨을 몰아쉬고 있는 게 아닌가. 나중에 알고 보니 몽골에서는 사람이나 말, 소, 양이 모두 함께 생활했다.

또 특이한 것은 꽃이나 나무가 없다는 점이었다. 그저 풀만 있을 뿐이었다. 풀의 가장 윗부분은 말이 먹고, 줄기 부분은 소가 먹으며, 가장 아랫부분은 양이 먹었다. 또 풀뿌리는 지렁이 등이 먹으며 다 함께 살아가고 있었다. 이렇게 사람과 동물이 거리낌 없이 어우

러져 생활하는 모습이 퍽 인상적이었다.

　인간 사회 역시 다양한 사람이 함께 살아간다. 부모와 자식 사이
도 마찬가지다. 다 같은 사람이라도 부모는 육지 위의 원숭이 과이
고 자녀는 바닷속의 고래 과일 수 있다. 육지로 올라오라고 아무리
일러도 고래는 육지로 올라올 수 없다. 부모가 호흡하는 방법을 열
심히 가르쳐 주어도 고래는 육지에서 살 수 없는 것이다.

　우리는 어떤가? 아이들에게 그런 강요를 하고 있지는 않은가?
단 한 번에 잘못을 바로잡을 수는 없다. 현재의 사고방식을 조금씩
바꾸어 나가면 된다. 나의 견해를 넓혀 다른 관점으로 사물을 바라
보는 것은 생각만큼 어렵지 않다.

화내기 전에 생각나는 한 마디

 어느 날 여대생 딸이 밤 12시가 되어도 집에 들어오지 않았다. 어머니는 딸에게 무슨 일이 생긴 것은 아닌지 걱정이 되어 견딜 수가 없었다. 걱정으로 가슴이 터질 것만 같았다. 두어 시간이 더 지난 뒤에야 딸은 지친 모습으로 돌아 왔다. 무사히 돌아와 현관 앞에 서 있는 딸을 보자 어머니는 자기도 모르게 화가 치밀어 올랐다.

"대체 지금까지 어디에서 뭘 하고 있었던 거야!"

어머니는 불같이 화를 내며 딸을 야단쳤다.

"사정은 들어 보지도 않고 무조건 화부터 내면 다시는 집에 돌아 오지 않을 거예요."

딸도 지지 않고 소리를 지르더니 다시 밖으로 뛰쳐나가 근처에 있는 친구 집으로 가 버렸다.

이후 모녀가 나에게 상담을 받으러 왔다. 나는 먼저 딸에게 그날 무슨 일이 있었느냐고 물어보았다. 딸은 신입생 환영회에 갔는데

한 학생이 마실 줄도 모르는 술을 마시다 구급차에 실려 응급실까지 가는 일이 벌어졌다고 했다. 딸은 걱정되어 응급실로 따라갔고, 나중에 그 학생을 집까지 데려다 주었다. 그제야 한숨을 돌린 딸은 많이 늦은 것을 깨닫고 서둘러 택시를 타고 집으로 돌아왔다는 것이다. 그런데 어머니가 이유도 묻지 않은 채 버럭 화부터 냈고, 그렇게 당하자니 딸도 화가 나 다시는 집으로 들어가고 싶지 않았다고 했다.

"그날 어머니는 어떤 기분이었을까요? 당신이 어머니의 입장이 되어 생각해 보는 게 좋을 것 같군요."

내 말에 딸은 고개를 끄덕이며 대답했다.

"물론 걱정도 되고 화도 나셨을 거예요. 하지만 제가 돌아왔을 때, 화를 내기 전에 무사히 돌아와서 정말 다행이라고 말해 주었다면 저도 그렇게 마음이 상하진 않았을 거예요."

나는 어머니에게도 질문을 던졌다.

"어머님은 무사히 돌아와 현관에 서 있는 따님을 보았을 때 어떤 기분이 들었나요?"

"우선 다행이라는 생각이 들어 마음이 놓였어요. 그때까지 가슴 속 가득 채우고 있던 걱정이 한순간에 날아갔지요. 그런데 동시에 화가 치밀어 올랐어요. 그래서 저도 모르게 소리부터 질렀지요."

"그 당시 어떻게 했어야 서로에게 좀 더 좋았을까요?"

내 질문에 어머니가 한숨을 내쉬며 대답했다.

"무사히 돌아와 정말 다행이라는 생각을 딸에게 먼저 말했으면 좋았겠지요."

이처럼 어머니가 딸에게 '무사해서 정말 다행이다' 라는 말 한마디를 먼저 건네는 것은 관계에 있어 아주 중요하다. 그러고 나서는 얼마든지 화를 내도 된다. 단 화를 낼 때는 부모로서 진지한 자세를 잃지 말아야 한다.

부모와 자식이라도 가치관은 같을 수 없기 때문에 부모가 화를 낼 수는 있다. 하지만 화를 낼 때도 자식이 부모에게 얼마나 소중한 존재인지를 반드시 전해야 한다.

자녀를 양육한다는 것은 자녀의 자립을 도와주는 것은 물론이고, 부모도 스스로 자립하는 방법을 배우는 것이다. 이렇게 서로 다른 개개인으로서 행복을 누리는 것, 그리고 서로의 행복을 나누어 가지는 것이 살아가는 목적이기도 하다.

'조금만 더' 하는 아쉬움이
남을 때가 가장 좋은 것

 우리는 좋은 것을 보면 자기 것으로 만들고 싶어 한다. 그리고 자기 것으로 만들고 나면 만족해한다. 하지만 너무 욕심을 내면 꽃은 손에 쥘 수 없을 정도로 많아지고 결국 그 꽃들은 시들어 버린다. 인간의 행복은 80% 정도 충족된 상태가 가장 좋다고 한다. '조금만 더' 하는 아쉬움이 남을 때가 가장 행복한 것이다.

종달새 노랫소리에 귀 기울이며 꽃을 따다 보니
더 이상 움켜쥘 수 없을 정도로 손 안에 가득.
집으로 가져가면 시들어 버릴 꽃
시들어 버리면 누군가가 버릴 꽃
어제처럼 쓰레기통으로.
나는 돌아가는 길에
꽃이 없는 장소마다

하나씩 꽃송이를 뿌린다.

마치 봄의 심부름꾼이라도 된 기분으로.

종달새의 노랫소리를 들으며 꽃을 딴다. 꽃을 적당히 땄다 싶으면 따는 것을 멈추고 돌아오는 길에 뿌린다. 꽃이 언제 또 필지는 알 수 없지만 말이다. 당신이 꽃을 버린 덕분에 씨앗이 떨어져 그곳에 새로운 꽃이 피고, 그곳을 지나는 사람들은 아름다움을 느낄 것이다. 하지만 당신에게 고맙다고 인사하는 사람은 아무도 없다. 애초에 봄의 심부름꾼은 누가 알아주든 아니든 필요한 장소에 씨를 뿌리는 게 일이기 때문이다.

대우주의 순환을 따라 인간관계도 순환한다. 그래서 자신이 뿌린 씨앗은 어디선가 열매를 맺고 다시 돌아오게 되어 있다. 꼭 당신 자신에게로 돌아오는 것은 아니다. 당신 자녀에게 돌아올 수도 있다.

봄의 심부름꾼이 되자. 보답을 바라지 말고 다른 사람에게 따뜻한 말을 건네고 그들의 장점을 찾는 눈을 갖추자. 마음에 여유가 생기면 누구나 그렇게 할 수 있다.

고인 물에서 혼자
즐거워하지 말자

자신의 행복에만 매달리는 사람은

마치 연못에 고인 물처럼 언젠가는 썩게 마련이다.

물이 흘러 다른 곳을 적셔야 그 연못에 맑은 물이 샘솟는다.

주변을 돌아보고 다른 이에게 도움을 줄 때

비로소 충만한 기쁨을 맛볼 것이다.

3분이면 누구나 행복해질 수 있다

사람은 다른 사람을 위해 무언가를 할 때 행복을 느낀다. 자신만 생각하는 사람은 마치 연못에 고인 물과 같다. 물이 흘러 다른 곳을 적셔야 물이 있던 자리에 다시 맑은 물이 샘솟고 썩지도 않는다. 사람도 자신이나 가족만을 위해서가 아니라 다른 사람을 위해 봉사하면서 살면 행복해진다. 그러기 위해서는 먼저 다른 사람을 위해 헌신하겠다는 결심부터 서야 한다.

교통사고를 당해 오른쪽 다리를 잃은 한 여인이 병원으로 옮겨졌다. 무릎 아래가 잘려 나가 의족을 달아야 하는 상황이었다. 여인은 아직 결혼도 하지 않은 30대 아가씨였다. 한쪽 다리를 잃은 여인은 절망감에 휩싸여 있었다.

그러던 어느 날 병원에서 눈에 안대를 하고 있는 어린 환자와 그 어머니를 보게 되었다. 아이는 한쪽 눈이 안 보이는데도 전혀 불편하지 않은 듯 당당하고 자연스럽게 걸어 다녔다. 심지어 즐겁게 놀기까지 했다.

아이에 대해 궁금해진 여인은 아이 어머니에게 다가가 조심스럽게 물었다.

"아드님은 왜 안대를 하고 있나요?"

그러자 어머니는 쓴웃음을 지으며 대답했다.

"몹쓸 병에 걸려서 한쪽 눈을 잃었답니다."

하지만 아이는 한쪽 눈을 잃었다는 사실을 믿을 수 없을 정도로 즐거운 표정이었다. 깜짝 놀란 여인은 아이에게 직접 다가가 물어보았다.

"한쪽 눈으로만 보려니 불편하지 않니?"

"아, 괜찮아요. 덕분에 해적 캡틴이 되었는 걸요."

아이는 밝은 표정으로 아무렇지도 않다는 듯 대답했다.

여인은 아이의 말에 더 큰 충격을 받았다. 아이는 한쪽 눈이 보이지 않는데도 오히려 그 덕에 해적 캡틴이 되었다면서 즐겁게 놀고 있었던 것이다. 여인은 자기도 아이처럼 해 보고 싶었다. 그래서 천천히 일어나 머릿속에 해적 캡틴 같은 밝은 이미지를 떠올리려 노력했다.

그 전에도 그런 시도를 해 보지 않은 것은 아니었다. 하지만 아무리 노력해도 자신의 인생이 멋질 것이라는 긍정적인 이미지를 그릴 수가 없었다. 다른 사람들은 건강한 몸으로 회사를 다니고 결혼을 해서 행복하게 사는데 자신만 불행한 처지에 놓여 있다고 생각하니, 도저히 밝은 이미지가 떠오르지 않았다.

하지만 아이의 밝은 모습을 보자 혹시나 하는 실낱같은 희망이 솟아올랐다. 자신도 캡틴이 된 이미지를 떠올릴 수 있을 것 같았다.

가장 먼저 한 다리로 당당하게 일어서서 커다란 배를 이끌며 보물섬으로 향하는 자신의 모습이 떠올랐다. 한쪽 다리가 없어도 얼마든지 당당하게 일어설 수 있는 이미지가 그려지면서 생동감이 넘치기 시작했다. 왠지 모르게 몸 안에 에너지가 차오르면서 다리가 없기 때문에 불행하다고, 절대 행복해질 수 없다고 생각했던 자신이 얼마나 어리석었는지 깨닫게 되었다.

한쪽 눈이 없어서 해적 캡틴이 되었다고 말하는 아이를 통해 한쪽 다리가 없더라도 얼마든지 행복해질 수 있다는 사실을 깨달은 것이다. 그것은 불과 3분 사이에 일어난 일이었다. 긍정적인 이미지를 그리자, 정말로 행복해질 수 있다는 확신이 들었다.

잠시 후 간호사가 여인을 찾았다. 입원실로 돌아와 보니 의사가 기다리고 있었다. 의사는 여인에게 진지한 표정으로 의족을 달겠느냐고 물었다. 조금 전까지만 해도 여인은 의족을 다는 데 강한 거부감과 두려움을 가졌다. 하지만 어느새 여인은 자신감 넘치는 목소리로 대답했다.

"의족이 있으면 정말 편할 거예요. 할게요."

어떤 상황이라도 딱 3분이면 마음을 바꿀 수 있다. 그리고 마음을 바꾸면 얼마든지 스스로를 행복하게 만들 수 있다.

행복은 손안에 있다

어느 마을 입구에 있는 널찍한 바위 위에 한 노인이 앉아 있었다. 그 마을은 입구만 보아도 꽤 큰 마을임을 짐작게 했다. 그때 어떤 사람이 그 앞을 지나가다 노인에게 물었다.

"이 마을은 좋은 마을입니까? 행복을 주는 마을입니까?"

그러자 노인이 되물었다.

"당신이 살던 마을은 어떤 마을이었소?"

"제가 살던 마을은 정말 인심이 사나웠습니다. 거짓과 속임수가 난무하는 이기적인 마을이었지요. 그래서 이 마을로 이사를 오려는 것입니다."

노인은 고개를 끄덕이며 대답했다.

"이 마을도 당신이 살던 마을과 똑같을 거요."

잠시 후 다른 사람이 노인 앞을 지나다 똑같은 질문을 던졌다.

"이 마을은 좋은 마을입니까? 행복을 주는 마을입니까?"

노인은 이번에도 되물었다.

"당신이 살던 마을은 어떤 마을이었소?"

"제가 살던 마을은 정말 인심이 좋았습니다. 콩 한 쪽이라도 서로 나누어 먹고 아픈 사람이 있으면 마을 사람 모두가 걱정해 주는 그런 마을이었지요."

노인은 미소를 짓더니 고개를 끄덕이며 대답했다.

"이 마을도 당신이 살던 마을과 똑같을 거요."

이 이야기는 모든 것이 사람의 마음에 달려 있음을 말해 준다. 지금까지 살던 마을을 나쁘다고 생각하면 그 생각이 자신의 마음속을 차지하여 새로 이사할 마을 역시 나쁜 점만 눈에 들어오게 된다. 하지만 새로운 마음, 희망으로 가득 찬 마음을 갖고 있다면 어느 곳이든 희망이 넘치는 마을이 된다.

그런데 이 이야기 속에는 또 하나의 의미가 들어 있다. 사람은 대개 일이 뜻대로 풀리지 않거나 주위에 좋은 이가 없으면 행복할 수 없다고 여긴다. 이들은 행복해지기 위해서는 주위 환경이 바뀌어야 한다고 생각한다. 하지만 주변 사람들은 자신이 원하는 대로 바뀌지 않는다. 인간관계는 마치 거울과 같아서 이쪽의 반응이 저쪽에 비치면서 똑같은 반응으로 되돌아온다. 메아리처럼 이쪽에서 화를

불행하다고 생각하는 사람에게는
모든 상황이 불행하지만,
행복하다고 생각하는 사람에게는
모든 상황이 행복하다.

보에티우스

내면 저쪽에서도 화난 목소리로 돌아오는 것이다.

일이 자신의 뜻대로 풀리지 않을 때는 초조하게 마련이다. 하지만 고통스럽고 괴로운 일에 에너지를 낭비하기보다는 자신의 마음을 긍정적으로 바꾸려고 노력하는 것이 좋다. 그렇게 하면 주변 상황은 자연스럽게 변하게 된다.

행복은 결국 자신의 손안에 있다. 그러므로 마음을 긍정적으로 바꾸고 자신을 소중하게 여길 수 있는 방법을 배워야 한다.

음과 양의 균형

이 세상의 모든 사물은 음과 양, 즉 마이너스와 플러스로 이루어져 있다. 그래서 모든 일에는 저항이 따르고 그것을 이겨 냈을 때 성과를 얻는 것이다. 사업도 큰 저항이 있을 때 오히려 확대될 수 있다. 성장하도록 돕는 것이 양이라면, 성장하지 못하도록 잡아당기는 것이 음이라 할 수 있는데, 이 또한 필요하다. 비행기도 강한 풍압이 없으면 날아오를 수 없다. 세상의 모든 일은 이렇듯 음과 양의 균형이 가장 중요하다.

어느 대기업에서 고객 불만 상담을 담당하는 여성이 있었다. 보통 큰 회사에서는 불만 상담을 처리하는 일이 매우 중요한데 그것으로 회사를 평가하기도 하기 때문이다. 그 여성은 불만을 호소하는 고객이 편안한 마음으로 돌아갈 수 있도록 항상 고객의 이야기를 집중하여 들어 주었다. 따뜻한 마음과 능숙한 일 처리로 고객들에게 신뢰를 얻은 여성은 회사에서도 그 능력을 인정받았다.

하지만 속을 들여다보면 그녀도 인간이기에 상담하는 과정에서 쌓이는 스트레스가 만만치 않았다. 특히 그 여성은 스트레스가 쌓이면 얼굴에 습진이 생기곤 했다. 젊은 아가씨라 습진이 생기면 여간 신경 쓰이는 게 아니었다. 그래서 습진만 없다면 얼마나 좋을까 하는 생각으로 줄곧 병원을 찾아다녔다.

어느 날 그 여성을 만나게 되었다. 그녀는 나에게 습진에 대한 고민을 털어놓았다. 나는 그녀에게 이렇게 조언해 주었다.

"이 습진이 당신을 지켜 주는군요."

습진이 생기면 스트레스가 쌓였다는 사실을 알 수 있기 때문에 일찍 잠자리에 들고 식사도 조절할 것이다. 만약 습진이 생기지 않는다면 무리해서 일을 계속할 테고 나중에는 더 큰 스트레스가 쌓일 것이다. 그러다 문득 몸의 이상을 깨달았을 때는 이미 큰 병에 걸려 있을지도 모를 일이다.

질병은 때론 그 사람을 지켜 주는 역할을 한다. 지나치게 무리하지 않도록 다양한 형태로 지켜 주는 것이다. 반면 좋은 일이라고 생각했던 것이 실제로는 그렇지 않은 경우도 얼마든지 있다. 현재 놓여 있는 상황에서 좋은 일을 찾으려고 노력하면 그것이 우리를 행복하게 해 주는 커다란 힘이 된다.

사람은 결코 혼자서 살 수 없다. 많은 사람과 더불어 사는 것이다. 목련의 크고 아름다운 꽃은 단번에 피어나지 않는다. 조금씩,

1밀리미터씩 천천히 정성을 다하여 꽃잎을 벌린다. 우리 각자의 인생이 이 커다란 목련 꽃송이라면 당신이 먼저 행복해져야 주변 사람들도 행복해질 수 있다. 행복의 발신지가 되는 것이다. 그 작은 노력이 바로 쉬지 않고 조금씩 꽃잎을 피우는 과정이다.

목련 꽃이 활짝 핀 다음에는 어떻게 될까? 이제 남은 일은 나무에서 떨어지는 것뿐이다. 사람도 마찬가지다. 인생에서의 의무를 다하면서 뒤따라올 사람들에게 씨앗을 남겨 두고 행복한 세계로 향하는 것이다. 크고 아름다운 꽃송이를 마지막 순간에 활짝 피우기 위해 조금씩 노력하며 살아야 한다.

꽃이 단번에 피지 않듯 행복도 조금씩 노력하여 이루는 것이다. 1밀리미터 정도만 생각의 방향을 바꾸면 눈앞에 반드시 행복이 있다.

마음의 배수구는
필요하다

아무 문제도 없는 완벽한 인생은 없다.

진짜 문제는 문제가 있을 때마다 묵은 감정에 휘둘리는 것이다.

그것은 과거의 기억을 되살릴 뿐이다.

묵은 감정은 마음의 배수구에 버려야 한다.

1밀리미터의 변화가 주는 행복

커다란 변화가 있어야만 인생이 바뀌는 것은 아니다. 1밀리미터 정도의 작은 변화에도 인생은 얼마든지 바뀔 수 있다. 무엇을 바꾸어야 하느냐는 사람에 따라 다르다. 무엇을 바꿀지부터 생각하자.

가장 먼저 할 일은 다른 사람을 바꾸는 것도, 상황을 바꾸는 것도 아니다. 자신을 바꾸는 일이다. 보통 밖으로 얽혀 있는 인간관계는 내면세계가 평화로우면 저절로 바뀐다. 그러니 자신의 내면을 정돈해 따뜻한 조화를 이루도록 해야 한다.

내면의 에너지가 밖으로 뻗어 나와 넓게 퍼지면 좋은 에너지가 내부로 들어오게 된다. 내면세계를 바꾸기로 결심했다면 그 방법은 얼마든지 있다. 굳이 커다란 변화를 계획할 필요가 없다. 단 1밀리미터의 작은 변화면 된다.

어디에든 문제는 존재하기 마련이다. 어떤 사회, 어떤 가정에도 문제는 있다. 순조로운 시기가 있는가 하면, 고통스러운 시기도 있다. 자신과의 관계에서도 마찬가지다. 이 세상에서 일어나는 모든 일은 당신 주변에서도 발생할 수 있다. 주변 사람들과는 물론 가족이나 연인 관계에서도 일어날 수 있다. 그럴 때 자신의 내부에 조화로움을 갖추고 있다면 그것이 밖으로 넘쳐흘러 문제들을 해결할 것이다.

평화로운 환경은 자신과 친해지는 것에서 비롯된다. 자신을 소중하게 여겨 내면세계에 조화로움을 갖추고 평화로운 마음을 만들도록 노력하자. 그리고 그 조화로움과 평화로운 마음을 가지고 주변 사람들을 대하자. 그래야 평화로운 환경이 만들어진다.

자신이 변할 수 있다는 사실을 깨달으면 주변도 바뀔 수 있다는 희망이 샘솟는다. 만약 주변이 먼저 바뀌어야 한다고 생각한다면 절망감에 휩싸일 것이다. 그것은 도저히 불가능하기 때문이다. 사람은 누구나 자신을 바꿀 수 있다. 자신이 1밀리미터 바뀌면 상대방은 10밀리미터 바뀔 수 있다.

묵은 감정은 마음의 배수구로

어린 시절, 누구나 한 번쯤 어머니로부터 이런 말을 들었을 것이다.

"지금 바쁘니까 저리 가 있어."

하지만 이런 말을 계속 들으면 아이는 어머니가 자신의 이야기에 귀를 기울이지 않는다고 생각하게 된다. 어른이 되어도 어머니에게서 받은 이런 상처를 끌어안고 살아간다. 이것을 흔히 '묵은 감정'이라고 한다.

인간은 흔히 자신의 내부에 존재하는 묵은 감정에 빠져 있을 때 안심하고 자기다움을 느끼게 된다. 어린 시절부터 강하게 느껴 온 감정이기 때문이다. 묵은 감정은 무의식적으로 느낄 뿐 의식적으로 깨닫지는 못한다. 너무나 익숙한 나머지 주의를 기울이지 못하는 것이다.

문제는 묵은 감정이 새롭게 변하려는 나의 발목을 잡는다는 것이다. 그런 감정이 고개를 치켜들 때는 이렇게 결심하고 자신을 바꾸려고 노력해야 한다.

'아, 이 감정은 어린 시절의 감정일 뿐이야. 나는 이미 어른이잖아. 이런 쓸데없는 감정에 휘둘려서는 안 돼. 아니, 휘둘릴 필요가 없다고.'

잘 안 될 때는 의식적으로 결심하면 된다.

'나는 스스로 나 자신을 조정할 수 있어. 이제 나를 행복하게 만드는 힘 정도는 가지고 있다고.'

불안, 공포, 절망 같은 묵은 감정에 휘둘릴 필요는 전혀 없다. 이런 감정은 과거의 기억이 되살아나는 것일 뿐이다. 묵은 감정에 젖어들게 되면 서둘러 스스로 자신을 행복하게 만들 수 있으니 아무 걱정 없다고 마음을 다잡아야 한다.

묵은 감정은 자기 내부에서 자신을 믿지 못할 때 살아난다. 실패나 실수를 했다고 후회하면 자신이 초라하게 느껴진다. 다른 사람은 전혀 그렇게 생각하지 않는데도 스스로 그런 감정에 휘둘리는 것이다.

쓸데없는 억측으로 스스로를 불안하게 만들고, 그것은 다시 '역시 나는 안 돼'라고 자신을 초라하게 만드는 결과를 낳는다. '역시'라는 결과를 만들어 놓고 거기에 말려드는 일은 어린 시절에 어떤 경험을 했느냐에 따라 느낌에 차이가 있을 뿐 누구에게나 일어날 수 있다. 그리고 그것들은 어김없이 '나는 가치 없는 인간이다' 라는 똑같은 결과로 이어진다. 어른이 된 후에도 어린 시절에 느꼈던 감정에서 벗어나지 못하는 것이다. 묵은 감정은 이제 모두 마음의 배수구에 버려야 한다.

인생에 실패는 없다

자신이 불행하다고 생각하는 것은 신체 감각이나 감정이 그쪽을 향하기 때문이다. 당신은 소중한 존재다. 그러므로 감정이나 사고방식 또는 육체적 고통에 휘둘려 '나는 안 돼'라고 스스로를 깎아내리면 안 된다.

불황기에 세탁소를 시작한 부부가 있었다. 빚을 내 작은 집과 가게, 자동차를 장만했지만 불황은 더욱더 심해지기만 했다. 결국 얼마 안 가 가게가 망해 집까지 팔아야 하는 상황에 내몰리게 되었다.

그런데 그 부인에게는 어린 시절 안 좋은 기억이 있었다. 부모가 집세를 못 내는 바람에 집에서 쫓겨나는 일을 세 번이나 겪은 것이다. 이런 일들을 겪으며 부인은 본인이 결혼을 해서는 적어도 형편이 어려워 집에서 쫓겨나는 일만은 일어나지 않기를 바랐다. 부인은 결혼 생활 내내 그쪽에만 잔뜩 신경을 쓰며 살았다. 그런데 실은 그 때문에 자신도 부모와 똑같이 집에서 쫓겨나야 하는 불행한 사태에 이르게 되었다.

가방끈도 짧고 특별한 재능도 없던 부인은 자신이 한없이 쓸모없는 존재라고 여겨져 그 자리에 힘없이 주저앉아 버렸다. 그러자 어린 시절 부모와 함께 집에서 쫓겨나던 상황이 떠올랐다. 순간 자신의 두 아이에게만은 절대 그런 기억을 만들어 주지 말아야겠다는 생각이 들었다.

부인은 자신이 할 수 있는 일이 무엇인지 진지하게 따져 보기 시작했다. 고등학교 시절 방송부에서 열심히 활동한 일이 생각났다. 당시 선생님이 소질이 있으니 언론 분야를 계속 공부해 보라고 조언을 해 주기도 했다. 부인은 당시에는 경제적인 여건이 안 되어 대학에 갈 수 없었지만 선생님이 그런 조언을 해 준 데에는 나름대로 자신에게 능력이 있었기 때문이라고 생각했다. 그래서 늦었지만 이제라도 광고 일을 해 보기로 결심했고, 곧 그것으로 생계를 꾸려 가게 되었다.

얼마 후 부인은 작은 회사를 설립했는데, 점점 발전해 지금은 직원이 200명 이상인 훌륭한 회사로 성장했다. 부인은 항상 이렇게 말한다.

"살다 보면 절망할 때도 있고 정말로 죽고 싶을 때도 있어요. 그럴 때는 그 자리에 조용히 앉아 차라도 한 잔 마시면서 자신이 지금 할 수 있는 일이 무엇인지 진지하게 생각해 보는 게 중요해요."

당신 주변에는 당신에게 힘이 되어 줄 햇살 같은 사람이 반드시 존재한다. 그러니 지나간 일에는 얽매이지 말고 미래를 위해 당신이 할 수 있는 일이 무엇인지, 무엇을 해야 좋을지 진지하게 생각해 보기 바란다. 그리고 용기를 내어 실행에 옮겨 보자. 작은 것이라도 실천해야 밝은 미래가 열리는 법이다.

누구에게나
타고난 인생의 임무가 있어

인간은 이 세상에 태어나기 전 자신의 인생 설계도를 그린다고 한다.

그리고 이 세상에 태어나서는 숱한 고통과 괴로움을 이겨 내며

설계도에 있는 임무를 완수해 나간다. 모든 임무를 완수하고 나면

비로소 조용히 세상을 떠나는 것이다.

행복의 세계는 존재한다

 언젠가 우리는 이 세상을 떠난다. 어찌 보면 우리는 이 세상을 여행하는 중이다. 여행을 한다는 것은 어딘 가 목적지를 향하여 움직인다는 의미다.

흔히 죽음이라고 하면 '암흑의 세계로 들어가 의식을 잃고 모든 게 끝나는 것'이라고 생각한다. 그럴 수도 있다. 하지만 그렇게 생 각했던 사람들은 죽고 난 후 크게 놀랄 것이다. '천국이 있다는 말 은 다 거짓말이야, 그건 미신에 지나지 않는다고'라고 생각한 사람 들 역시 죽고 나면 깜짝 놀랄 것이다. 암흑의 세계가 아닌, 밝게 빛 나는 행복의 세계로 들어서게 될 테니까. 자신이 생각했던 암흑의 세계가 아닌 행복의 세계가 존재한다는 사실을 경험할 것이다.

마치 깜짝 이벤트처럼 죽고 난 후 놀라는 것도 그리 나쁘지는 않 겠다. 하지만 문제는 죽으면 끝이라고 생각하는 사람들의 삶이 굉 장히 불안하다는 사실이다. 고통스러운 삶을 살다 도달하는 세계가 겨우 암흑의 세계라면 얼마나 불안하겠는가. 오늘 하루를 사는 것도 힘들게 느껴지고 갖은 고통과 괴로움을 뛰어넘을 힘도 솟지 않을 것이다.

여행을 하다 보면 고통스러울 때도 있고 괴로울 때도 있다. 하지만 그런 과정을 이겨 내면서 목적지를 향해 걸음을 옮겨야 한다. 인생이라는 여행도 마찬가지다. 이 고통이 행복의 세계로 가는 여정이라고 생각하면 자연스럽게 힘이 샘솟을 것이다.

나의 지인인 N씨에게는 초등학교 시절부터 60년 이상 사이좋게 지낸 절친한 친구가 있었다. 그런데 그 친구가 그만 지병으로 위독한 상황에 이르렀다. 친구가 세상을 뜨기 직전 N씨가 한 가지 부탁을 했다.

"너는 내 둘도 없는 친구니까 정말로 천국이 있거든 꼭 내게 알려 줘."

친구가 세상을 뜬 날 밤, N씨는 너무 슬퍼서 잠을 잘 수 없었다. 울다 지친 N씨가 잠깐 잠이 들었는데, 누군가 어깨를 흔들었다. 힘겹게 눈을 떠 보니 눈앞에 사람 형태의 희물그레한 빛이 가물거렸다. N씨가 그 빛을 뚫어지게 바라보자 빛에서 음성이 들렸다.

"친구야, 역시 천국은 있었어."

그러더니 빛이 서서히 사라져 갔다. 그 음성은 바로 좀 전에 죽은 친구의 목소리였다. 친구는 약속을 지키기 위해 N씨를 찾아온 것이었다. N씨의 어깨에는 빛이 닿았을 때의 편안함과 따스한 온기가 한동안 생생하게 남아 있었다. N씨는 그 온기가 천국에 가서도 N씨를 지켜 주겠다는 친구의 약속이라 믿었다.

세상을 뜬 사람은 이 세상에 남아 있는 사람들의 부탁을 들어주기 위해 여러 가지 형태로 노력한다. 미신 같지만, 사람이 죽으면 8일 동안 이 세상에서 사랑하던 사람이나 가까운 사람들에 대한 애착심이 매우 강해서 어떤 부탁이든 들어준다고 한다. 특히 신세를 많이 진 사람의 부탁은 꼭 들어준다고 한다. 죽은 자도 받은 만큼 갚는 것이다.

고마운 눈물

오래전 스무 살짜리 젊은 딸을 잃은 어머니가 있었다. 하루는 어머니가 곤히 자고 있는데, 이불 밖으로 손이 빠져나왔던 모양이다. 무언가 따뜻한 손길이 다가오더니 나와 있는 손을 잡아 다시 이불 속으로 넣어 주었다. 잠결에 이상하다는 생각을 잠깐 했지만, 어머니는 곧 잊어버리고 다시 잠이 들었다. 그런데 잠시 후 아까와 똑같은 일이 또 일어났다. 이불 밖으로 나온 손을 누군가 다시 이불 속으로 넣어 준 것이다. 그 손길은 정말 따뜻하고 보드라웠다. 그 어머니는 영문을 알 수 없었지만 왠지 기분이 좋았다.

그리고 얼마 후 어머니의 다른 자녀에게서 손자가 태어났다. 할머니가 된 어머니는 갓 태어난 귀여운 손자의 손을 살짝 쥐어 보았다. 그런데 그 순간 그만 깜짝 놀라고 말았다. 한밤중 자신의 손을 이불 속에 넣어 준 그 손길의 감촉과 너무나 비슷했기 때문이다. 동시에 세상을 뜬 딸이 갓난아기였을 때 손의 감촉도 같았다는 사실을 깨달았다. 자신의 손을 이불 속으로 넣어 준 것은 다름 아닌 세상을 뜬 딸의 손이었다. 딸은 천국에서 어머니를 항상 지켜보고 있었던 것이다.

이처럼 천국과 이 세상은 동떨어진 세계가 아니라 하나로 연결되어 있다. 세상에 이런 일화는 얼마든지 있다. 이것은 무엇을 의미할까? 만약 형제가 이민을 가 미국에 살고 있다 해도 당신을 잊지는 않을 것이다. 아무리 멀리 떨어져 있고 아무리 긴 시간이 흐른다 해도 서로의 마음은 강하게 연결되어 있는 것이다. 설사 물질적으로 도움을 주고받을 수 없는 상황이라 해도 서로의 에너지가 발산하는 파동을 주고받으며 그 관계는 영원히 이어진다.

천국에는 물체나 육체가 필요 없다. 거기에는 영혼만이 존재한다. 영혼은 육체에 얽매이지 않기 때문에 우리에게 직접 파동을 보내 마음으로 전달할 수 있다. 하지만 세상에 있는 우리는 육체로 여러 가지 구속을 받기 때문에 그 마음을 순수하게 받아들이지 못하거나 미처 깨닫지 못하는 것이다.

우리 이모에게는 아이가 없었다. 나는 그 이모 집에서 대학을 다녔다. 그래서인지 난 이모를 어머니처럼 생각하며 따랐다. 그런데 10여 년 전 강의를 하기 위해 잠깐 상하이에 들렀을 때의 일이다.

상하이 대학에서 강의를 마치고 베이징으로 이동하고 있는데, 누군가 내 이름을 부르며 급히 나를 찾았다. 순간 기분 나쁜 예감이 들었다. 다가가자 그 사람이 나에게 메모지 하나를 건네주었다. 메모지에는 이모가 심장 마비로 전날 밤에 돌아가셨다는 내용이 쓰여 있었다.

미국에서 온 영문학 선생과 또 한 선생이 나와 함께 그룹으로 움직이고 있었는데, 미국에서 온 선생은 신부인 동시에 카운슬러이기도 했다.

나는 집으로 돌아가 이모의 얼굴을 직접 보기 전에는 이모의 죽음을 믿을 수가 없었다. 그래서 두 선생에게 양해를 구하고 당장 집으로 돌아가겠다고 말했다. 마침 나흘 정도 강의가 비어 있었기 때문에 그동안 집에 다녀오면 될 거라고 생각했다.

그런데 신부였던 선생이 집에 다녀올 필요가 없다고 말하는 게 아닌가. 돌아가신 분은 이미 천국으로 가셨기 때문에 그분을 위해 슬퍼할 필요도 돌아갈 필요도 없다는 것이었다. 돌아가신 분은 세상의 고통과 속박에서 해방되어 행복의 세계로 들어가셨고, 장례식은 살아 있는 사람들을 위한 것이라는 말도 덧붙였다. 그러나 나는 무슨 일이 있어도 가 보아야겠다고 우겼다. 결국 일정에 차질을 빚지 않는 선에서 다녀오기로 이야기가 되었다.

그러자 신부였던 선생이 서둘러 떠나는 나에게 다음과 같은 세 가지를 당부했다.

첫 번째는 돌아가신 분은 행복의 세계로 들어가셨으니 슬퍼할 필요가 없고 오히려 그분을 위해 기뻐해야 한다는 것이었다. 그리고 남은 사람들은 자신의 행복을 위해 최선을 다하는 것이 돌아가신 분에 대한 가장 큰 선물이라고 했다.

두 번째는 '만약'이라는 말을 하지 말라는 것이었다. '만약 내가 그곳에 있었다면', '만약 그때 이렇게 했다면', '만약 하루라도 빨리 병원으로 모셨다면' 등의 말을 해도 이미 돌아가신 분은 돌아오지 못한다는 것이다.

우리는 습관적으로 '만약'이라는 말을 자주 하는데, 이 말을 사용해도 좋은 경우가 있다. '만약 또 그런 일이 생기면 어떻게 할까?', '만약 다음에 이와 비슷한 상황이 생기면 어떻게 해결할까?' 등과 같이 미래에 대한 가능성과 개선을 생각할 때다.

세 번째는 사랑하는 사람을 잃었을 때 더 이상 만날 수 없기 때문에 남은 사람들은 당연히 슬퍼지는데, 참지 말고 실컷 울라는 것이었다.

"당신이 돌아가서 이모님의 얼굴을 보고 슬퍼진다면 마음껏 눈물을 흘리십시오. 단 마음을 놓을 수 있는 사람이나 당신을 지켜 줄

만한 사람들 옆에서 울어야 합니다."

사랑하는 사람이 천국에 갔다는 사실을 알더라도 당연히 슬픔을 느낄 수밖에 없다. 이런 마음의 상처는 반드시 치유해야 한다. 장례를 치를 때 밤을 새우는 것도 이 때문이다. 인연이 있던 사람들이 모여 돌아가신 분에 대한 이야기를 나누면서 소중한 사람을 잃은 고통을 함께 치유하는 것이다. 슬플 때는 마음껏 울어야 한다. 그 눈물은 우리의 마음을 치유해 주는 고마운 눈물이다.

가톨릭교회의 장례식은 매우 밝다. 죽은 이가 이 세상의 고통스러운 여정을 끝내고 천국으로 들어간다고 믿기 때문이다. 세상에서의 사명을 완수하고 자신이 거쳐야 할 고통과 괴로움을 체험한 뒤 행복의 세계로 향하는 것이다. 이 세상에서 체험하는 모든 고통, 예컨대 자녀, 가족, 질병, 경제적 여건 등으로 생기는 고통은 이 세상에 태어나기 전 미리 계획된 것들이다.

인간은 태어나기 전 자신의 인생에 대한 설계도를 만든다고 한다. 그러나 세상에 태어나는 순간 그 사실을 잊어버리고는 자신의 설계도에 따른 고통을 다른 사람 때문에 생겨난 거라며 남을 탓한다. 또한 이 세상에서 생기는 고통을 순수하게 받아들이려 하지 않는다. 그 고통은 우리의 영혼을 보다 맑고 성숙하게 만들기 위한 것인데 말이다.

고통은 사람마다 다르다. 설계도는 각자가 그린 것이니 당연하다. 설계도의 삶을 다했을 때, 영혼이 맑아지고 보다 성숙해졌을 때, 이 세상에서의 임무가 끝났을 때, 다른 사람을 도와줄 의무를 모두 마쳤을 때, 우리 모두는 세상을 떠나 영원히 행복한 세계로 들어가게 된다.

결단을 내리는 순간

행복할 수 있다고 생각하면 정말로 행복해진다.

그렇게 결단을 하면 된다. '결단'은 쓸데없는 생각은 모두 끊어 버리고

바람직한 생각, 좋은 생각만 하겠다고 결심하는 것이다.

마음을 정하면 몸은 자연스럽게 따라온다.

지금 이 순간 결단을 내리자.

고통은 한순간 끊을 수 있다

당신은 스스로 행복한지 아닌지, 어떻게 하면 행복할 수 있는지 잘 알고 있는가? 대개는 돈을 많이 벌면 행복할 거라고 생각하지만, 막상 큰돈이 들어오면 불안해지기 시작한다. 사람들이 손가락질을 하는 것은 아닐까, 혹시 도둑이 드는 것은 아닐까, 잃어버리면 어떡할까 하면서 한순간도 편한 마음을 가질 수 없다. 그러니 돈이 많다고 해서 행복하다고 단정할 수는 없다. 그럼, 어떤 게 행복한 상태일까? 자신이 행복하다는 것을 어떻게 알 수 있을까?

연기력이 뛰어난 여배우가 있었다. 그런데 그만 중한 병에 걸리고 말았다. 그녀가 죽기 한 달 전쯤 일이었다. 같은 극단의 동료들이 소식을 듣고 문병을 왔다. 그들이 병실로 들어섰는데 여배우는 의외로 환한 표정을 짓고 있었다. 육체적인 고통이 아주 심한 상황인데 말이다.

"걱정을 많이 했는데 표정이 밝아서 좋네요."

동료들 말에 여배우는 더욱 환한 표정을 지으며 이야기했다.

"결단을 내린 덕분이에요. 문병을 온 사람이 노크를 하는 순간 몸의 고통도, 마음의 불안도 모두 끊어 버리기로요. '결단'이라는 낱말은 '결심한다'와 '끊는다'는 글자로 이루어져 있잖아요. 모든 고통을 한순간 끊어 버리는 거예요. 그리고 머릿속으로 지금 무대 위에서 건강한 모습으로 여왕의 역할을 연기하고 있는 거라고 상상 하지요."

여배우는 어떤 상황에서도 무대 위로 올라가면 역할에 충실해야 한다고 배웠고 그렇게 연기하며 살아왔다. 비록 사람들이 돌아가면 원래의 자신으로 돌아와 다시 고통에 시달리지만, 그런 연기를 하면 그래도 30분 정도는 행복한 기분을 유지할 수 있다고 했다.

우리는 자신이 행복하다는 사실을 무엇으로 알 수 있을까? 머릿속으로 생각하는 것일까, 몸으로 체험하는 것일까? 아니다. 마음으로 느끼는 것이다. 마음이 편안하면 행복하다. 행복했을 때를 한번 떠올려 보자. 그때 당신의 마음은 어땠는가?

잠들어 있는 능력

 인도에서 스님 한 분이 좌선을 하고 있었다. 정신을 집중하고 있는데 갑자기 이상한 기척이 느껴졌다. 스님은 눈을 가늘게 뜨고 주위를 둘러보았다. 그런데 날카로운 눈빛이 양쪽에서 빛나고 있는 게 아닌가. 호랑이 두 마리가 당장이라도 덤벼들 태세로 스님을 노려보고 있었다.

인간은 위기 상황에 몰리면 자신을 지키려는 본능이 고개를 치켜든다. 긴급한 상황에서 평소에는 도저히 할 수 없는 과감한 행동을 하는 이유도 그 때문이다.

스님 역시 무시무시한 호랑이들을 발견한 순간 자리를 박차고 일어나 달리기 시작했다. 자신을 완전히 잊어버리고 마치 육상 선수라도 된 것처럼 정신없이 달렸다. 그러자 두 마리의 호랑이도 스님 뒤를 빠르게 쫓아왔다. 죽을힘을 다해 달리던 스님은 자신이 어디를 향하고 있는지조차 알지 못했다.

얼마나 달렸을까. 막다른 길에서 앞을 바라보니 절벽이었다. 아래를 내려다보자 등골이 오싹할 정도로 깊은 낭떠러지였다.

뒤에서는 호랑이 두 마리가 입맛을 다시며 천천히 다가오고 있었다. 뛰어내릴 생각으로 절벽 아래를 내려다보니 거기에서도 호랑이 한 마리가 스님을 올려다보고 있었다. 앞으로도, 뒤로도 움직일 수 없는 절박한 상황이었다. 더 이상 어쩔 수 없다고 판단한 스님은 죽을 각오로 낭떠러지를 향해 뛰어내렸다. 다행히 나뭇가지에 옷이 걸려 목숨을 건질 수 있었다.

그런데 그것도 잠시, 안도의 숨을 몰아쉬는 순간 바로 옆에 작은 쥐 한 마리와 뱀이 보였다. 커다란 뱀은 혀를 날름거리며 당장이라도 쥐를 잡아먹을 듯이 노려보고 있었다.

절체절명의 위기 속에서 스님의 머릿속에 문득 한 가지 생각이 떠올랐다. 그날 문병을 가기로 약속한 환자가 자신을 기다리고 있다는 것이었다. 질병에 걸려 고통받고 있는 환자를 실망시킬 수 없다는 생각이 들자, 스님은 자기도 모르게 나무에서 훌쩍 뛰어내렸다. 모든 정신이 문병을 가야 한다는 쪽으로 집중되어 있었기 때문에 아래쪽에 있는 호랑이는 완전히 잊어버린 것이다.

인간은 두 가지 일을 동시에 생각할 수 없다고 한다. 자신을 기다릴 환자에게 초점이 맞추어지자 아래에 있는 호랑이는 까맣게 잊은 채 당당하게 걸음을 옮길 수 있었던 것이다. 그러자 당장이라도 덤

벼들 것 같던 호랑이가 스님의 기세에 눌려 뒷걸음질을 치기 시작했다. 스님은 결국 호랑이의 공격을 받지 않았고, 무사히 문병을 다녀올 수 있었다.

티베트의 밀교를 비롯한 여러 종교의 수행 가운데에는 '잠들어 있는 능력을 사용하라'는 것이 있다. '불길 위 걷기'도 자주 볼 수 있는 수행 중 하나다. 800도로 뜨겁게 달구어진 숯 위를 맨발로 걷는 것이다. 보통 상식으로는 그런 행동을 하면 발바닥이 데여 물집이 생기고 짓무를 것이다. 하지만 수행을 하는 사람에게는 물집 따위가 전혀 생기지 않는다.

왜 이런 현상이 생기는 것일까? 수행하는 사람들은 자신의 내부에 잠들어 있는 능력을 일깨워 활용하기 때문이다. 이것은 누구나 가능하다. 만약 혼자서 어렵다면 여러 사람이 함께 하면 쉽게 할 수 있다. 여러 사람이 하나로 뭉치면 엄청난 힘을 발휘하기 때문이다. 특히 정신을 신체의 어느 한 부분에 집중하고 '나는 할 수 있다'는 암시를 계속하면 금세 성공한다. 불길을 보고 '여기에 보이는 빨간 길은 마음을 치유해 주는 초원이다'라며 스스로에게 암시를 거는 것도 한 방법이다. 그리고 '나는 할 수 있다'는 생각을 가지고 불길 위를 걸으면 맨발로도 아무런 상처 없이 건널 수 있다. 기공으로 벽

사람은 행복해지기로 결심하면 행복해진다.

아무것도 그것을 막지 못한다.

솔제니친

돌을 깨는 것도 깨기 전에 '나는 할 수 있다'고 결단을 내리고 기를 모아 격파하기에 가능한 것이다.

우리는 때로 비참한 상황에 놓이면 고통과 괴로움에 초점을 맞추고 불평을 늘어놓는다. 또는 자신을 책망하거나 주변 사람을 원망하기 쉽다. 그럴 때 우리의 마음은 불안하고 초조하다. 그 결과, 자신은 아무런 도움도 되지 않는 쓸모없는 인간이라 생각하고, 어깨가 처지면서 온몸에서 힘이 빠져나간다. 쓸데없는 생각은 모두 끊어 버리고 바람직한 생각, 좋은 생각만 하겠다고 결심해야 한다. 이렇게 마음을 정하면 몸은 자연스럽게 따라온다.

진정한 나 자신

히말라야 산맥의 산기슭에서 수도승이 수행을 마치고 내려오고 있었다. 내려오는 길에 마을을 지나던 스님은 어느 집 앞 울타리 안에서 닭들이 모이를 쪼아 먹고 있는 것을 보았다. 문득 발길을 멈추고 바라보니 다른 닭과는 생김새가 전혀 다른 닭 한 마리가 있었다. 궁금해진 수도승은 가까이 다가가 살펴보기로 했다. 가까이 다가간 수도승은 그만 깜짝 놀라고 말았다. 그것은 닭이 아닌 독수리였던 것이다. 독수리 한 마리가 닭들 틈에서 열심히 모이를 쪼아 먹고 있었다.

그 집에 며칠 머무르기로 한 수도승은 다음 날 새벽 일찌감치 일어났다. 그러고는 곧장 닭장 안으로 가서 독수리를 품속에 넣었다. 수도승은 넓은 들판으로 가서 독수리 놓아주며 말했다.

"너는 닭이 아니라 독수리란다. 자, 여기에서 하늘을 나는 연습을 해 보자꾸나."

하지만 독수리는 날아갈 생각은 하지 않고 자꾸만 바닥에 내려앉

누구나 자신이 생각하는 만큼
행복하거나 불행한 것은 결코 아니다.

라로슈푸코

앉다. 조금 뒤 마을에서 닭 울음소리가 들리자 독수리는 닭의 흉내를 내며 한 차례 길게 따라 울더니 닭장으로 돌아가 버렸다.

오후가 되어 수도승은 다시 그 독수리를 데리고 넓은 들판으로 나갔다. 그리고 또다시 하늘을 나는 연습을 시켰다. 그러나 독수리는 허공으로 던져져도 바로 바닥으로 내려앉을 뿐이었다.

"너는 닭이 아니라 독수리란 말이다."

수도승이 아무리 말을 해 주어도 독수리는 닭처럼 행동했다.

이후로 수도승은 매일 아침 넓은 들판으로 독수리를 데리고 가서 나는 연습을 시켰다. 하지만 번번이 실패할 뿐이었다. 그러던 어느 날 수도승도 이제 마지막이라는 생각으로 독수리를 품에 안고 높은 산을 향해 올라가기 시작했다. 새벽의 한기가 온몸에 스몄다. 몇 시간 뒤 산꼭대기에 다다른 수도승은 이번만큼은 제발 독수리가 하늘을 날 수 있기를 간절히 바랐다. 이윽고 산기슭에서 해가 얼굴을 내밀자 수도승은 독수리를 높이 치켜들며 크게 외쳤다.

"너는 닭이 아니라 독수리다! 독수리로 돌아가거라. 독수리는 독수리로 살아가는 것이 가장 잘 어울리는 게야."

수도승은 독수리를 무릎 위에 앉혀 놓고 날개를 펼쳐 준 다음 몸을 힘껏 떠밀었다.

"자, 가거라. 너 자신으로 돌아가거라."

독수리는 잠시 날개를 퍼덕이더니 이내 커다란 날개를 활짝 펴고 하늘을 향해 날아올랐다. 그리고 높은 하늘에서 수도승의 머리 위를 한 차례 돌더니 더 높은 산을 향해 날아갔다. 점차 작아져 가는 독수리를 올려다보던 수도승은 기쁨에 찬 표정으로 말했다.

"그래, 이제야 진정한 너 자신으로 돌아갔구나."

우리도 마찬가지다. 불행하다고 생각할 때는 자신을 닭이라고 착각하는 독수리와 같다. 우리 내면에는 각자에게 어울리는 훌륭한 장점이 감추어져 있다. 정말로 위대한 것이 존재하는 것이다. 그것이 바로 인간의 존엄성이다. 그런 존엄성에 어울리는 삶을 살아가는 것이야말로 각자의 사명이다.

눈, 귀, 그리고 몸을 활짝 열기

사람에게는 세 가지 훌륭한 도구가 있다.

좋은 것만 골라 보는 눈, 자신의 목소리에 민감하게 반응할 줄 아는 귀,

항상 청결하고 바른 몸. 이 세 가지만 잘 활용해도

마음의 거친 파도를 뛰어넘어 행복해질 수 있다.

내 안에 존재하는 능력

 우리 안에는 행복해질 수 있는 능력이 있다. 그런데도 항상 행복을 느끼지 못한다면 자신에게 주어진 시간을 어떻게 쓰는지 돌아볼 필요가 있다.

미국에 유명한 제럴드 코피라는 사람이 있다. 그는 베트남 전쟁 때 전투기를 몰다가 격추당하여 호아로 수용소에서 1년 정도를 보냈다. 전쟁이 끝난 후 미국으로 돌아온 그는 사업에 성공하고 순탄치 않던 자신의 체험기를 책으로 묶어 냈는데 그 책에 눈에 띄는 말이 있었다.

'나의 긴 인생을 되돌아보면 가장 행복했던 시기는 필요한 것을 다 가지고 있는 지금이 아니라 베트남에서 포로로 수용되어 있던 때다. 그 좁은 감옥 안에 갇혀 몸도 제대로 움직이지 못하던 그 1년 동안이었다.'

제럴드는 감옥 안에서 명상을 하고 기도를 올리며 조용한 시간을 보내곤 했다. 그러면서 '나는 누구인가?', '어떻게 해야 행복해질 수 있는가?' 고민했다.

평범한 일상생활을 했다면 할 일이 너무 많아 도저히 한가롭게 명상에 잠길 수 없었을 것이다. 본의 아니게 그런 시간이 주어졌고, 덕분에 인생에 대해 진지하게 생각해 볼 수 있었다. 그리고 그것이 자신에게 강력한 힘을 불어넣어 준 것이다.

그는 명상 시간에 대해 이렇게 회고하기도 했다.

'명상이 내 안에 존재하는 능력을 어떻게 사용해야 하는지 가르쳐 주었다.'

거대한 폭풍도 시간이 흐르면 곧 사라진다. 아무리 긴 장마라고 해도 한두 달이면 지나가고 다시 맑은 날이 이어진다. 자신에게 행복을 주는 것, 편안한 마음으로 지낼 수 있게 해 주는 것, 즐거움을 안겨 주는 것이 무엇인지 진지하게 생각해 보아야 한다. 그리고 그것들을 택해야 한다.

또 자신이 어떤 사람이 되고 싶은지 정해야 한다. 주변에서 어떤 일이 일어나기를 바라지 말고, 자신이 어떤 사람이 되고 싶은지 생각해 보자. 행복은 마음으로 느끼는 것이다. 특별한 일로 생기는 것이 아니다. 자신이 행복하다고 느끼지 못하는데 다른 사람이 그 행복을 안겨 줄 수는 없다. 단순히 육체적인 편안함이 행복이라고 말하기는 어렵다.

히틀러는 사람들을 이끄는 데에서 즐거움을 느꼈다고 한다. 그래서 그 즐거움을 느끼기 위해 일생을 보냈다. 마더 테레사는 사람이 길거리에 쓰레기처럼 버려져 외롭게 죽어 가는 모습을 보는 것이 가장 견디기 힘들었다. 그래서 구더기와 파리에 둘러싸여 죽어 가는 사람들을 깨끗하게 씻겨 간호를 하고 편안하게 숨을 거둘 수 있도록 도와주었다. 마더 테레사에게는 그렇게 편안한 모습으로 죽어 가는 사람들의 표정을 보는 것이 무엇보다 큰 즐거움이었다. 여러 가지 고통도 따랐지만 나중에 최고의 즐거움을 맛볼 수 있다는 희망이 있었기에 그 고통마저 행복을 향해 달려가는 과정으로 여긴 것이다. 당신은 과연 어떤 즐거움을 원하는가?

16세기의 성인 이그나티우스 로욜라도 이런 말을 했다.

"나에게 일어나는 모든 일은 이로운 것입니다."

모든 일은 자신과 인연이 있고 필요하기 때문에 일어난다. 그것을 어떻게 이해하고 받아들이느냐 하는 것은 각자의 몫이다. 내면에 존재하는 자신의 본모습에 어울리는 행동을 해야 즐거움을 느낄 수 있다.

올림픽에 출전할 마라톤 선수는 매일 가혹한 연습을 하면서 시간을 보낸다. 일부러 산소가 부족한 고원에서 숨을 몰아쉬며 달리기까지 한다. 특별한 목적이 없으면 도저히 할 수 없는 일이다. 올림

픽의 영광이라는 기쁨을 얻을 수 있다는 희망 때문에 연습의 고통도 기쁨으로 느낄 수 있는 것이다.

　우리도 이와 마찬가지로 눈앞의 단순한 기쁨이 아니라 긴 안목을 가지고 자신이 어떤 사람이 되고 싶은지 정해 그 목표를 향하여 달려가야 한다. 스스로 다른 사람에게 무엇인가 도움을 주고 만족과 행복을 느낀다면, 그를 대하는 사람들도 행복을 느끼게 된다.

세 가지 훌륭한 도구

우리에게는 세 가지 훌륭한 도구가 있다. 바로 눈과 귀와 몸이다. 이 세 가지를 잘 활용한다면 누구나 마음의 거친 파도를 뛰어넘어 행복해질 수 있다.

눈은 좋은 대상에 초점을 맞추어야 한다. 끊임없이 좋은 대상을 찾으려고 노력해야 한다. 그리 대단한 일이 아닌 것 같아도 어디에 초점을 맞추는가, 두 눈으로 무엇을 바라보는가에 따라 당신의 하루는 완전히 달라진다. 따라서 자신이 되고 싶은 것에, 자신이 행복해질 수 있는 대상에 초점을 맞추어야 한다.

귀는 가장 먼저 자신의 목소리에 집중해야 한다. 귀로 듣는다고 하면 다른 사람의 말이나 외부 세계의 소리를 듣는 것이라고 생각하기 쉽지만, 가장 가까운 목소리는 자신의 입을 통해 나오는 목소리다. 따라서 항상 자신의 목소리에 귀를 기울여야 한다. 자신의 귀로, 지금 자기가 무슨 말을 하고 있는지 듣는 것이다. 힘이 있는 말을 하는지, 긍정적인 말을 하는지, 자신의 귀로 또렷하게 들어야 한다. 그리고 스스로에게 행복해질 수 있는 말을 해야 한다.

마지막으로 몸에도 신경을 써야 한다. 마음속에 비가 내리더라도 몸은 언제나 당당해야 한다. 늘 청결한 상태를 유지하고 체력을 단련하며 건강에 해가 되는 술, 담배를 멀리하는 것은 신체적 건강을 유지하는 기본적인 자세다. 마음이 초조해지면 자세부터 바로잡고 당당하게 걸어 보자.

이 세 가지를 실천하는 것만으로도 마음의 세계는 자연스럽게 바뀐다. 꼭 세 가지가 아니어도 된다. 단 한 가지라도 실행하면 반드시 효과가 나타난다. 대우주를 인정하고 존중해야 진정 행복해질 수 있다. 그리고 당신이 행복하면 기가 순환하여 주위 사람들까지 행복해진다.

바로 '우리'가 당신의 힘이 되어 줄게요

'우리'라는 말에는 중요한 의미가 담겨 있다.

이 책도 '우리'의 힘으로 만들어졌다. 나는 지금까지 많은 사람을 대상으로 해 온 강연을 바탕으로 이 책을 정리했다. 강연이란 결코 홀로 하는 것이 아닌, 청중으로부터 에너지를 받아 상호 소통하는 것이기 때문이다. 이 책은 매회 300여 명이나 되는 많은 사람의 마음의 파동에 이끌려 완성된 것이다. 강연을 하는 사람과 듣는 사람의 에너지가 결집된 셈이다. 그야말로 '우리'의 상징이다.

나는 많은 사람의 마음과 에너지가 깃들어 있는 이 책을 도움이 필요한 모두가 편안한 마음으로 읽기를 소망한다. 그리고 삶을 행복하게 살 수 있는 비결을 찾기 바란다.

세상이 당신에게 주는 힘

당신은 지금 억지로 슬픔을 참고 있는가? 걱정하지 말고, 힘들 때는 그냥 울자. 세상은 결국 당신 편이니 더 이상 슬픔을 삼킬 필요가 없다. 당신에게 닥친 문제를 해결할 수 있도록 세상은 항상 당신에게 힘을 불어넣어 줄 것이다. 그 힘을 바탕으로 당신은 삶을 꾸려 나갈 수 있고, 또 행복해질 수도 있다.

세상의 힘과 함께하면 당신에게 변화가 일어난다. 변화는 눈에 보이는 형태, 또는 보이지 않는 형태로 매일 당신의 내부에서 일어난다. 그것은 당신이 지금 바라는 것이 아닐지도 모른다.

그러나 당신이 스스로를 믿고 내부에 샘물처럼 솟아오르는 힘을 만날 때 당신은 당신 안에 감추어져 있는 능력을 확신하고 새로운 인간으로 성장할 수 있다. 이것이야말로 위대한 변화다. 만약 이 책을 통해 당신이 자신이 얼마나 소중한 존재인지를 깨닫고, 스스로 의식하고 있는 것보다 훨씬 더 밝은 빛을 주위에 뿌려 '행복의 발신지'가 될 수 있다면, 나는 내 인생에 감사할 것이다.

이제 절대로 혼자라는 생각에 사로잡혀 괴로워하거나 외로워하지 말자. 당신 곁에는 기대고 의지할 수 있는 사람이 얼마든지 있고, 또 당신 역시 누군가의 인생에 힘이 될 수 있으니까. '우리'는 늘 함께라는 것을 잊지 말자.

이 책을 위해 힘써 주신 모든 분께 감사하며 글을 마친다.

초판 1쇄 2009년 12월 24일
22쇄 2014년 8월 28일

지은이 스즈키 히데코
옮긴이 이정환

발행인 노재현
편집장 서금선
책임편집 조한별
마케팅 김동현 김용호 이진규

디자인 Design group ALL
일러스트 금동원

펴낸 곳 중앙북스(주) www.joongangbooks.co.kr
주소 (121-904) 서울시 마포구 상암산로 48-6(상암동, DMCC빌딩 20층)
구입문의 1588-0950
내용문의 02-2031-1354
팩스 02-2031-1398

등록 2007년 2월 13일 제2-4561호

값 12,800원